小小说名家精品文库

杨晓敏 主编

蒲河之约

PUHE ZHIYUE

佟继萍 著

沈阳出版发行集团
沈阳出版社

图书在版编目（CIP）数据

蒲河之约 / 佟继萍著 . -- 沈阳 : 沈阳出版社，
2022.12
（小小说名家精品文库 / 杨晓敏主编）
ISBN 978-7-5716-2405-7

Ⅰ. ①蒲… Ⅱ. ①佟… Ⅲ. ①小小说 - 小说集 - 中国
- 当代 Ⅳ. ① I247.82

中国版本图书馆 CIP 数据核字（2022）第 197200 号

出版发行：沈阳出版发行集团|沈阳出版社
（地址：沈阳市沈河区南翰林路10号 邮编：110011）
网　　址：http://www.sycbs.com
印　　刷：辽宁泰阳广告彩色印刷有限公司
幅面尺寸：145mm × 210mm
印　　张：8.75
字　　数：175千字
出版时间：2022年12月第1版
印刷时间：2022年12月第1次印刷
责任编辑：沈晓辉
装帧设计：杨　雪
责任校对：郑　丽
责任监印：杨　旭

书　　号：ISBN 978-7-5716-2405-7
定　　价：58.00 元

联系电话：024-24112447　024-62564922
E - mail：sy24112447@163.com

《小小说名家精品文库》

序

杨晓敏

当代小小说于20世纪80年代兴盛至今，从参与读写人数、生存时间长度和独具的艺术魅力上，已成为当代文学读写的重要组成部分。小小说简约通脱，雅俗共赏，注重思想内涵的深刻和艺术品质的锻造，小中见大、纸短情长，自有其相对规范的字数限定、审美态势、结构特征以及艺术规律上的界定，在写作和阅读上从者甚众。平民艺术的质朴与单纯，简洁与明朗，加上理性思维与艺术趣味的有机融合，极其本色和看得见、摸得着的亲和力，无不加速全民阅读、书香社会的形成。小小说文体成熟的标志是，有琳琅满目的经典作品，有数以百计的代表作家，有从创作实践中不断完善的文体理论体系以及两代以上读者的阅读认可。小小说作为一种时代文体，与源远流长的《诗经》、《楚辞》、汉赋、唐诗、宋词、元曲、明清小说文脉相承，是与时代进步合拍的文化建设成果。

在当下的文学大家族里，小小说作为一种新的文学样式，从多方面调动了大众对文学的参与、理解和认同，为提升全民族的审美鉴赏能力，为传播文化、传承文明提供了一种行之有效的“另一种可能”。小小说成功地在精英文化和通俗文化之间打开了大众文化的通道，对于文化市场的介入与渗透，悄然构建了多元的文学读写格局，对于潜移默化地提升国民综合素质，全面提高全民族的文化水平和健康的审美情趣，树立正确的价值观念，应属一项首推的系统工程。小小说让文学回归民间，大众参与阅读，大众参与创作，本身就形成了自觉的文化选择。参与读写的过程，亦是致力于进步的文化行动。让普通人在读写中增长智慧或者得以心灵愉悦，为时代进步提供大面积的“大众智力资本”的支持，无论如何都是文学和社会的幸事。

《小小说名家精品文库》的编选与出版，旨在为广大读者提供有较高艺术水准、值得珍藏与阅读鉴赏的优质读本。以作家为经，以作品为纬，遴选精品佳构，推介名家新秀，致力于为文化市场提供大众的读写需求。入选作家的六部小小说作品集互为观照，组合出一处千姿百态的文化景区，在遵循文学艺术创作规律的前提下，兼容和尊重作家在选材、形式、立意上进行的探索和创新性劳动，从中可以窥见作家们对于题材选择、创作个性和艺术趣味的审美追求以及反映生活、观察世界的认知能力。

津子围以写中长篇小说为主，获誉甚多，这部小小说集《星星之城》的创作显得驾轻就熟，得心应手，既秉承了《左氏春秋》《阅微草堂笔记》《聊斋志异》深厚传统，又充分借鉴了欧亨利、博尔赫斯、鲁尔福、科塔萨尔的叙述技巧，所选小说集中刻画了现实生活中的小人物，选材自由，写法多变，人物个性鲜明，文气充沛通达，全方位呈现了小小说世界的丰富性与各种文学品质抵达的可能性。作品富有想象力，情节诡异，立意深远，结局常常出人意料而发人深思。作品能够在小小说“螺蛳壳中的道场”里营造出场景、色彩、气味和温度，追求大境界，对人性有深入的探索和挖掘。作品的内在逻辑连贯无隙，语言有弹性有节奏，自然流畅，妙趣横生，阅读起来读者的参与感强。

赵新是年逾八秩的老作家，毕生致力于乡土文学创作，已形成鲜明的艺术风格，《乡里乡亲》所描述的农村生活丰富多彩，生动新鲜。作者关注社会现实，尤其是关注农村变迁中农民的切身感受，在有限的篇幅里，通过活生生的人和事，像一位乡村歌者吟唱他们的喜怒哀欢，所思所想，他们的生存状态、处世态度、心灵渴望以及爱憎。他的小说人物是从村子里那些茅屋瓦舍中走出来的，是从阡陌纵横的田间走出来的，那些人物的身上散发着泥土的味道，散发着小麦或高粱的清香。他们一个个鲜活真实，栩栩如生，参差错落地生活在那片大平原上，把那块土地装点得生机勃勃。身边的故事，熟悉的场景，加上深邃的思考，写活了各色人物，成为一种简洁明了、呈现动态状的叙述艺术，令人赏心悦目。

在聂鑫森的《小人儿书店》里，可以感受到作家深厚的国学素养，在塑造人物时所倾注的人类尊严、达观自信以及对国家民族、传统文化的忧患意识，表现出地道的中国传统小说的艺术功力，散发着浓郁的民族气派和古典主义的人文情怀。另有一种专业的、新鲜的、流畅的相关物事的常识性描写，愈发引人入胜。作品切入当下的现实生活，塑造了长街小巷、工厂、农村、学校的能工巧匠、高人雅士、普通劳动者，他们各有各的精彩故事，各有各的胸襟气度。在“故事”之外，作者努力营造浓郁的文化氛围，透现人物的文化品格，擅长描写那些被传统文化深度浸染的人物。讲究小说的谋篇布局、语言的精致隽永，在艺术表达中通过高雅审美，折射出理性的光芒。让读者品啜之中，余味愈浓。

刘建超的《老街故事》在对“古城老街”民俗风情的系列描写中，以当代人的视角呈现豫西百年的民间传说、人物故事。作者用充盈的笔墨渲染展现丰富的历史文化积淀，在对人情世故的体察中，揭示民族的文化心态和处世态度。通过对市井生活的体贴感知和深沉濡染，勾画出一幅富有生命力的老街风情图，各色人物在画卷演绎着生活的悲欢离合、喜怒哀乐，形成众声喧哗之势。在繁杂喧闹的世俗图景背后，隐藏了作者对平凡人物人事命运的关注和体察。作品具有英雄主义精神和理想主义底色，塑造的人物对社会、家庭和责任勇于担当，即使是市井人物，也多是嫉恶如仇、有侠肝义胆的角色，形象饱满生动，故事构思巧妙，素材剪裁自如。这种挟带着人性、尊严、道义的永恒题材所营造出来的艺术氛围，本身就契合读者的阅读期待。

范子平的《都市沙漠》是对历史的回顾和当下生活的再现，反映了广阔的社会背景和时代的变迁。这些小小说把焦点对准人物的心理层面加以透视，以反映生命与生存，通过对底层生活的入微观察与体验感悟，尤其对大众生存状态的复杂性进行形而上的探索思考，引发对某些现存价值观的反思，把对人性拷问的探索，对故事深层的文化思考渗入小小说情节之中，呈现出独特的艺术张力。在构思上机智善辩，从形式到内容，从生活现象到生活本质上展现矛盾，集中体现在抓住生活中内容与形式的反差、现象与本质的矛盾来提炼故事情节，使这些小小说拥有了幽默、讽刺、隐喻以及抒情的力量。作品注重思想内涵、艺术品位和智慧含量的综合考量，让人读起来能粘住眼球，读后津津乐道。

佟继萍生长在蒲河岸边，把蒲河视为灵魂栖息地和精神家园，《蒲河之约》以细腻的叙事和独具民俗风情的描写，在熟悉的蒲河两岸构筑着自己的小小说王国。尤其对小镇人物的关切及艺术性还原，摇曳着古典美的情感，散发着泥土芬芳和迷人的幽香。作者洞悉普通人的兴衰际遇，深层次揭示了职场人物的复杂环境和微妙心理，扎实灵动的文字，展现了作者艺术表现力、心理描写和气氛营造相得益彰，产生出良好的艺术效果，作品耐人寻味。笔下的人物刻画细腻，形象生动饱满，性格鲜明，语言清丽脱俗，舒缓有致，浓郁的地域风情迎面扑来，给人一种美的享受。

好的小小说应是思想内涵、艺术品位和智慧含量的综合体现。

所谓思想内涵，是指作者赋予作品的“立意”，它反映着作者提出（观察）问题的角度、视野、深度以及批判意识、质疑姿态等，深刻或者平庸，一眼可判高下。艺术品位，是指作品在塑造人物性格、设置故事情节、营造特定环境中所折射出来的创意、情怀和境界等。而智慧含量，则属于精密判断后的“临门一脚”，是简洁明晰的“临床一刀”，解决问题的方法、手段和质量，见此一斑。

《诗经》作为文学之源，来自民间，应属“平民艺术”，自楚辞之后文学进入了士大夫即精英阶层，一直以“主流”的生存姿态渐成少数人的事，至20世纪80年代经济崛起带动文化教育普及，加上网络等现代媒介的便利，当代文学读写开始在民间复苏并勃兴，文体流变数千年后，小小说作为一种新兴的大众读写文体，终于又与民间的《诗经》在艺术精神上悄然接续，营造出一种由大多数人参与读写的文学生态。

一茬茬优秀的小小说作家浮出水面，一批批堪称佳构的小小说作品炫人眼目，在赢得作家的文学地位的同时，也为社会大众提供了量、质兼具的优秀精神食粮。因为这些创作精短作品的作家们知道，在同样具有思想内涵、艺术品位和智慧含量的前提下，节省阅读时间就是对读者的最大尊重，给自己和别人带来一次哪怕是简单的快乐，也令读写者们乐此不疲，而一次次的快乐叠加，会为我们的伟大时代和人生旅途平添缤纷的色彩。

目 录

contents

蒲河之约

小镇在北方，四季分明。马嫂望着衣带渐宽的河床叹息着：蒲河都开河了，咋不见鸟儿的影子？

这年，儿子去南方读研，五十岁的马嫂从工作岗位上退下来。马嫂以往照亮无数人的精气神儿一点点暗下来，她感觉从未有过的空落，自己成了孤灯一盏。就连门外料峭的春寒，在她门前打了个转，也“嗖”地走了。

打从丈夫马哥出事，天就塌了。马嫂的心上了一把锁，用她的话说，一岁的儿子与年迈的婆婆，哪个都是她的命，一个都不能舍。马嫂想起当年她嫁给马哥时，婆婆因为她不是锡伯族而费了一番周折。早年的小镇是锡伯族人聚集地，族里有规定，外族人不能嫁入。后来婆婆经人做工作，说新社会了，慢慢想通了，才同意的。

转眼，马哥已走了二十一个春秋。马嫂的青丝也被风雪刮得褪了色，守着儿子、伺候着婆婆，任凭月老踏平门槛，鸟儿飞来飞去，马嫂的心海搅碎了一朵又一朵泛起的浪花。

镇上哪家女人春心荡漾时，老人都会拿马嫂说事，马嫂成了小镇的贞节牌。

可不知咋了，这第二十一个春天刚刚掀开三月的盖头，马嫂耳边总是回荡着鸟儿叽喳的声音，整夜翻腾着，无法入睡。马嫂耳边回荡着马哥的声音："别忘了我们的蒲河之约！"这天一放亮，马嫂就脸不洗头不梳地奔向蒲河岸。

让马嫂失望的是，没有鸟的天空沌沌的。封冻的河面如男人铁青着脸，白杨耷拉着头立在两岸，桃枝没有一丝笑容。马嫂长叹一声，趁小镇还没醒来赶紧回家了。

这里是马哥的家乡，马嫂是花样年华时被大卡车送来小镇插队的。在马家村遇到一身绿军装的马哥，第一次约会就在这蒲河岸。当时河床干瘪成一条龙须沟，堤坝窄得就剩两条车辙，他俩一人沿着一条车辙拘谨地迎风走着。那天的风很柔很软，吹开了一树桃花。鸟儿飞过来飞过去，他说："这鸟儿不但羽毛美歌声更美。"她眯着笑眼说："我也喜欢听鸟儿唱歌。"车辙的尽头成了一条小路，他们肩头挨着肩头，挡不住的青春被鸟儿带向天空。

一年书信纷飞，鸟儿再飞来时，马哥回来了。她成了马嫂。

第二十一个春天了，马嫂看着儿子一天天长大，春天后的春天是她的期盼，鸟的歌声撑起她的天空。马哥出事时，部队首长把一枚军功章递给她，她感觉沉得捧不住。她是烈士的家属，儿子是她的希望。头顶的光环让她颇感沉重，婆婆临终时还说，让她为自己活活吧。

多少个春天里，马嫂不敢看街上鸟儿似的飞来飞去快乐的身影。只有她自己知道，她脸上有多灿烂，心里就有多凄苦。

渐渐地马嫂喜欢上了恋床，夜长梦也长。

梦里马哥又回来了，一身绿军装，非要看她穿旗袍的样子。说他在那边很好，儿子也大了，老人也送走了，马嫂该为自己活了。马嫂醒来时枕头湿了一大片。她翻出当年压在箱底的旗袍，红红的，只结婚当天穿过，左看右看穿在身上，把散乱的头发盘起。看着镜子里的自己，不知所以地笑了，问自己这是要干吗呀？家里除了自己就是自己，给谁看呀？

马哥的梦一天接一天，他再三央求她穿上结婚时的旗袍去蒲河边，他会在那里等她听鸟儿唱歌。马嫂信了他的话。

马嫂：“一大早打扮成这样，去干吗呀？”

街头有多事儿的，见了她话里有话。起初她只是笑不作声，后来扛不住嚼舌人的纠缠，就实话实说了。

可谁会相信呢？他们在背后指指点点，说马嫂想男人想疯了，马嫂感觉脊梁骨刺痛，更有甚者，当面问她守寡二十多年，是不守不住了？马嫂满身是嘴说不清。

马嫂感觉这辈子活得太憋屈了。她转身奔向蒲河，哗哗的眼泪肥了河道。她一步步走入蒲水。

岸边不远处的垂钓者，丢下鱼竿奔过来，马嫂感觉到背后有个热乎乎的手抓住了她。

垂钓者自我介绍说，他叫马宏强，也是小镇人，现住在城里，大家叫他“老马”，喜欢钓鱼，常在蒲河岸边消磨时光，还说之前见过马嫂一次次在岸边徘徊……

几天后，马嫂提着一袋水果来到蒲河边，想答谢恩人。

“感谢你相救，要不是你我可能早没命了。”

“严重了，妹子，谁见了都会搭把手的，不要在意。遇事往宽处想，没有过不去的坎儿。”

“嗯嗯。你喜欢钓鱼？咋没见鱼？”

“哈哈，退休后闲着没事，就恋上了老家的蒲河，起初我是钓上来鱼就放生，后来干脆改成喂鱼了，我的鱼竿没有钩的。我当过兵，回地方又当警察，本来我钓鱼是为了磨磨性子，可渐渐地喜欢上了这里。”

“你天天出来，又没带回去鱼，家人不会说你吗？”

“哎，老伴儿前年得病走了，女儿在外地读书，我老哥一个，自个管自个。”

“哦，原来是这样，您这么善良，女儿一定差不了。”

“别夸我了，你的事我可听说了。哈哈，老哥服气。”

一句一句地搭起话来，一个下午过去了。鸟儿归巢时，他们的背影，随着夕阳滑入蒲水。

从此，老马的头顶多了把遮阳伞；马嫂本来像蒲水一样平静的心，泛起涟漪。

马嫂来去的路上，耳边常响起鸟的歌声……

好心人劝他们一起取暖吧。

日子久了，老马看马嫂时眼睛眯成一条缝，蚊子都飞不进去。马嫂一见到老马，就感觉自己飞进了鸟林，身体里有种说不清的东西在涌动。

马嫂与老马的事很快在小镇传开了。

蒲水结冰了，鸟儿丢下垂钓者和马嫂，唱着歌飞向了远方。

春天再来时，马宏强如清淤的河床干净利落了许多，整个人清爽欢快，哼着小曲，边垂钓边用余光勾着扭着腰身走来的马嫂，河水中映出他们的剪影。

路上没人。蒲河上空，鸟儿如约而至。

家　乡

“一条大河波浪宽，风吹稻花香两岸……”

只闻其声，不见其人。

李子树穿过柳树林，歌声越来越近，透过斑驳的树影，一位白发老妇人伫立在蒲河岸边。

老妇人身体瘦弱，弓背，身旁轮椅上坐着一位头戴钢盔的老汉，自己在叮叮当当地敲打着，听上去像是在有节奏地配合着什么。

这是军转干部李子树去马家村当村书记的第一天。马家村是锡伯族村。村里大部分住的是锡伯族人。记忆里，他小时候来小镇赶集，经过蒲河岸边马家村时，村头村尾热热闹闹。如今村里的年轻人大都外出了，留守的多半是老人、妇女和儿童，还有回乡养老的城里人，少有的冷清，平添了思乡的惆怅。

李子树椅子还没坐热，已经说得口干舌燥，村民嚷着把他堵在门口，说村东头新搬来一户老两口，整天又唱又敲地不消停，扰得四邻不安。

恰巧，有歌声断断续续地传来，虽有些沙哑，却也不失悠扬，莫非就是他们?

一老妇人的歌声，像录音机似的只唱一段，后来就只唱第一句了，一遍遍翻来覆去地唱，明显有些气力不足，李子树默默地在心里随着哼唱着。

第二天一大早，歌声又流进李子树的耳朵，许是沾了晨露，稍有些清灵。

“一条大河波浪宽，风吹稻花香两岸……”

为一探究竟，李子树循着歌声走向蒲河岸，躲在一棵柳树后观察。老妇人穿着一身褪色的旧军装，专注地唱着。坐在轮椅上的老汉头上戴着钢盔，身上也披着一件褪色的旧军装，似乎在伴奏。他们的背影与风中摇曳的柳枝、蒲草相映衬，宛如一幅苍凉的油画。

老妇人的歌声一停，老汉就像被按了开关，顿时打了焉，脑袋一歪，睡着了。老妇人给轮椅上的老汉盖了一块儿小毛毯，然后坐在轮椅旁的小板凳上，目光越过河水中绕颈而立的白鹭，远眺着。

老妇人打起精神，看着面无表情打着瞌睡的老汉，轻轻起身，挺着有些伸不直的腰板，清清嗓子。这时老汉如听到冲锋号一样，顿时在轮椅上也挺了挺腰，正了正头上的钢盔，右手拿一个小木棍，叮叮当当地敲起胸前挂着的物件。她的歌声再次响起。惊飞一群麻雀，叽叽喳喳远去。

“一条大河波浪宽，风吹稻花香两岸……”

几句重复的歌声下来，老汉一直面带微笑，老妇人似乎完成了一项艰巨的任务，喜悦地拍拍轮椅上的他，大声地说：“报告马连长，我们击退了敌人的又一次进攻，上甘岭属于我们的！”老汉两只胳膊高举起挥动着，一只袖管空着半截。

李子树微笑着走了过去，刚想打个招呼，老汉像被电击了一样，叽里呱啦地一阵狂叫，老妇人像安慰孩子一样，拍拍他的肩，理都没理李子树，推着轮椅叮叮当当地走了。

一连三天的早上，李子树都被老妇人拒绝。村民照例天天来投诉。今天来之前他有些心理准备，没想到这预料之外的情况，让李子树没了思路。

为尽快摸清村民的自然情况，李子树日出而作日落而归，每天都会去蒲河边探望两位老人，回到村委会时连吃饭的气力都没了。老妇人一个温暖的眼神，让李子树心里有了些底。

一周后，李子树渐渐地与两位老人熟络起来。

当老妇人知道李子树是村干部，曾在部队当过连长，为建设新农村放弃大城市，自愿回家乡工作，就热情地邀请他到家里去坐坐。

河岸边的一个院子里，两间红砖瓦房，东墙边一棵老槐树下一个个土堆貌似碉堡，西院墙一排地沟，上面还立着高低不平的砖头瓦块，中间的过道成了分水岭。

李子树推开东屋的门，一下子怔住了，这是主人的房间吗？怎么会是这样？

一台老式电视机正播放着电影《上甘岭》，一面墙上挂着武装带，五星红旗上镶嵌着数枚军功章，炕上的老柜子，行军被……他觉得走进了陈列馆，又像是一个防空洞。

老妇人正唱着“一条大河”，老汉头戴钢盔，右手拿着木棍，随着歌曲欢快地摇晃着，面前的锅碗瓢盆一起在唱，直到电视机中的五星红旗飘扬在阵地上。老妇人的歌声停了，老汉的笑容也凝固了。

老妇人这才发现李子树，赶紧让他进屋里坐，倒了一碗水递给他，水碗是破旧的军用品。她坐在李子树对面聊了起来。

她和他是在抗美援朝中认识的，当年十九岁的她是文工团演员，二十一岁的他是连长。在一次美军飞机轰炸时，他为了救正在巷道里演唱的她，丢了一只胳膊。

老妇人接着说：“他是八十岁那年突然失去记忆的，他明白时嚷着要回老家，这不就从城里搬回来了。李书记，你说奇怪不，他每天听着一条大河，居然有了些感觉，能敲敲打打伴奏了。”她说这些时，脸上一直挂着笑。

老妇人喝了口水继续说：“我是朝鲜族，名叫李文姬。志愿军回国时，我向组织提出要嫁给他，就和他一起回到小镇。他一直就喜欢看电影《上甘岭》《英雄儿女》，喜欢听《一条大河》，便让儿孙们给录下来了，可以反复地播放。”老汉似乎听懂了老妇人对李子树说的话，指着电视机哇哇叫。老妇人抹了抹脸，拍了拍老汉的肩。

原来，这老人家是一级战斗英雄，马家村人，锡伯族，名叫马天亮。

村民们投诉的话卡在了李子树嗓子眼儿里，裹着老妇人的故事咽下去了。他留下电话号码，反复嘱咐老妇人，有事去找他，便告辞。一路上，老妇人的歌声仍在耳边缭绕。

岁月染白了老妇人的秀发，她看见电视里的家乡，鸭绿江对岸那熟悉又陌生的样子，泪水也模糊了视线。

马兰花

又下雨了，电闪雷鸣，蒲河坝上，马嫂像一条柳枝在风中摇曳着。

时间倒回一九九八年夏，不知谁把天捅漏了，肆意的大雨没完没了地下，从长江流域一路北上，松花江流域变成了一片汪洋。

马嫂惦记汛情，也担心着蒲河岸边的马兰花。一个人穿着雨衣又去看马兰花了，回来时成了水人，雨水顺着身体不停地往下淌。

马嫂从梦中哭醒了，梦见在内蒙古自治区当兵的马哥被困在水中，正挥着手向她呼喊着什么。

马嫂早早地起来了。

马嫂担心的马兰花可不是平平常常的马兰花，那是她和马哥结婚那年，马哥从内蒙古大草原带回的种子，并由马哥亲自种在蒲河岸边的，说是用来陪伴马嫂，见证他们的爱情。

当时的蒲河还是条贫瘠的小河。马哥抡起镐头，在岸边开辟了一块荒地，种下马兰花籽，也就种下了马嫂的盼望。马哥每次从部队打电话来，都不忘询问马兰花。

马嫂如数家珍：马兰花出芽了，马兰花长高了，马兰花含苞了，马兰花开了。

马兰花第一年开放时，儿子出生了。马哥说，这花是与儿子一起撒下的种子，马嫂在电话这边陶醉无语，马哥在电话那端呼唤着："马兰，马兰……"

原来，马兰不是马嫂的真名，是马哥对马嫂的昵称。马嫂的小名叫兰儿，马哥就一拍脑门儿，说："这马兰的名字好啊！"这名字只属于马哥一个人专用。于是，那马兰花就有了亲娘。

一想起马哥的话，马嫂就面红耳热。新婚之夜，马哥揽着她，说要生一个马兰花样的女儿，长得如她一样美。

新婚燕尔，载着马哥的火车，隆隆启动的瞬间，马哥挥着手臂，大声地喊着："等我回来！"马嫂目送火车开出小镇，消失在远方。

马嫂望着灰蒙蒙的天空发呆，马哥本来是要回来探亲的。儿子一岁多了，还没见过爸爸，马嫂整天指着穿军装的马哥照片，教儿子叫爸爸。

马哥人在内蒙古自治区，时刻思念着妻儿。上衣兜里藏着马嫂抱着儿子的照片，时不时地摸摸，心里暖乎乎的。

三年前的约定，马兰花开时马哥就回来，接马嫂去看草原，去敖包相会。

一想起马哥要回小镇探亲，想着他们的马兰花之约，马嫂体内就热浪滚滚。

马哥还说，等孩子们长大了，一起去看草原、看军营、看蒙古包，还有那成片的马兰花。

马嫂接到电话，马哥的部队去了抗洪抢险一线，松花江刚好经过军营，要全线警戒，任务结束就回来探亲。

马嫂满心欢喜，心瞬间飞了，飞去了松花江畔。

空气被一种不祥笼罩着，铅云压顶。一周了，没有马哥的消息，马嫂心里慌慌的。

蒲河岸边也拉起了红色警戒线，马兰花不见了踪影，马嫂更加担心马哥。

雨时大时小，马嫂的心提到嗓子眼儿，惶恐地对着夜空说话，求老天保佑，保佑丈夫平安归来。

雨停了，本家兄弟马镇长来了，武装部的领导也来了，部队派专车送马哥回家，从高速公路口缓缓驶来。

部队首长说，部队在执行抗洪抢险任务时，接到紧急命令，一个贩毒团伙的首犯从广西逃回老家，刚好就在马哥负责的区域。穷凶极恶的逃犯，手持尖刀疯狂地将一位老人挟持。

眼看洪峰呼啸而来，为解救被毒贩挟持在屋顶的老人，马哥毅然答应毒贩提出的条件，以人换人独自空手爬上屋顶。老人平安转移至橡皮艇。

巨浪越来越近，马哥与毒贩并排坐在屋顶，毒贩手中的尖刀指向马哥说："敢动一下，就砍死你！"巨浪呼啸着冲过来，毒贩一走神，马哥一个反扑抱住毒贩，却被毒贩连捅数刀，可他到死也没放手。洪峰过后，毒贩被抓获，马哥却再没醒来。

马嫂泣不成声，几次昏厥。

她接过马哥的遗物，是被雨水浸泡后模糊的照片，马嫂与儿子的合影。

婆婆抹泪，儿子哭着要爸爸。生活还要继续，马嫂逼着自己振作。

天总算晴了。

一大早，马嫂沿着当年与马哥并肩行走的堤坝小路去蒲河边，去看马兰花。

转眼二十年过去了，马嫂接到邀请函。作为英雄的母亲，她应邀去广西参加表彰大会。儿子大学毕业后成为一名缉毒警察，在刚刚破获的一起跨境贩毒案件中立了一等功。

看着儿子身穿警服的照片，马嫂鼻子酸酸的，想起了初次见到穿军装的马哥，想起了蒲河岸边盛开的马兰花。

药王传人

天黑得像锅底，小镇街头空荡荡的，晚秋冷风凄雨，陈家中药铺的幌子忽明忽暗地摇曳。

陈老爷子早年随父母做草药生意从山东来小镇，祖孙三代住在镇东头一个四合院里，蒲河从门前流过，门房即是药铺，药王的名声传出方圆十几里。

十二岁的虎子，是陈老爷子的长孙，心肝儿宝贝。陈老爷子喜欢喝小酒，虎子爹就孝顺地陪着。虎子爹一个眼神，虎子娘就准备下酒菜去了，烫上一壶药酒，回头吆喝虎子回西屋睡觉。

东屋里，陈老爷子烟袋锅子敲得炕桌山响，看着坐在对面的儿子兴奋地说："镇上在传解放军要来了，咱们的苦日子也快过去了啊。"油灯上的火苗一闪一闪，映出两张微红的脸。

"哒哒哒"的敲门声，虎子爹提上鞋，踮起脚走向大门口，敲门声急促起来。

打开门闩，见一个女人背着一个大男孩儿，身后还跟着个拿枪的小战士。女人急匆匆地说："老先生，我是解放军，我这孩子病了，发高烧不退，求老先生无论如何要救救我们！"虎子爹一听是解放军，赶紧把他们让进了西屋，顺手闩好了门。

陈老爷子举着油灯，照着满脸通红昏睡的孩子，解开孩子的上衣，发现前心后背都是疹子。说："这孩子起天花了，不抓紧治会很危险。"女人一听"扑通"跪在地上，说："大部队马上要开拔，我是战地护士，不能耽搁救伤员，想把孩子托付给您老人家。"虎子爹赶紧拉起她，犹豫了一下后，接过她怀中的孩子说："你放心去吧，这孩子就交给我们吧，咱试试用祖传秘方，兴许能救孩子的命。"

女人说："要是孩子能活下来，就改姓你们陈家的姓。"说完，留下一封信，含泪走了。

从此，陈老爷子的案头摆上了更多祖上留下的医药书籍与秘方，有《黄帝内经》《伤寒杂病论》等，孩子慢慢地退烧了，命算是保住了，但被病毒折磨得走路都打晃，虎子娘精心地调养着。

巧的是，这小哥俩都十二岁，长得七分像，都虎头虎脑的。虎子爹一琢磨，自家虎子大些，就称两个孩子为大虎、小虎。虎子娘给他俩做一样的衣裤穿，不知底细的人以为是双胞胎。后来，小虎的个头和机灵劲儿明显在大虎之上，尤其是对中草药特感兴趣，陈老爷子也特稀罕小虎，在陈老爷子点拨下，小虎十多岁就手捧《黄帝内经》试着开方了。

辽沈战役刚打响那阵儿，天一黑村民们就都猫在屋子里，听着窗外的动静。国民党伤兵也时不时地到陈家中药铺来抓药，陈老爷子决定闭店谢客。

陈老爷子不用守着中药铺了，有空就领两个孙子在蒲河堤坝上练拳法，讲祖训和行医之道。

没有不透风的墙，镇上有人传说陈家药铺藏了解放军的孩子。国民党兵杀气腾腾地来到陈家，逼着虎子爹交出解放军的孩子。

虎子爹一口否认，国民党兵将大虎小虎一起绑走了。第二天，虎子爹领着满脸淤青的大虎回来了,陈老爷子疯癫地跑出了家门。

从此，镇上人就把虎子爹当成了坏人，陈家人在街头让人戳后脊梁骨。虎子爹大白天不敢出门，将大虎改回叫虎子，镇上人见到他，说他的良心被狗吃了，解放军为咱老百姓流血牺牲打天下，他却如此对待解放军。

虎子十五岁那年，留下一张纸条走了。

虎子娘大口大口地咯血，抱着药罐子喝汤药也没治好结核病，丢下俩男人走了。

在陈家认为虎子早就不在人世时，意外收到来自抗美援朝战场的喜报。原来，虎子离家后找解放军去了，再后来去了朝鲜战场。

陈老爷子也清醒了，大喊着："子弹还真长眼睛，给咱陈家留一条根，咱陈家续上香火了，中药铺也有传承人了。"

满大街传着虎子立功的消息，马老爷子挺着胸脯走在街头，虎子爹只管低头忙着手里的活计。

虎子戴着大红花回来了，被一群人敲锣打鼓簇拥着出现在陈家门口。虎子没见到娘，当得知娘在他走后就得结核走了时，号啕大哭。

这晚，虎子爹跪在马老爷子跟前，说出了压在心底的秘密——这虎子不是咱陈家的虎子。

虎子爹颤抖地从炕柜里拿出当年小虎妈留下的那封信。信上说，孩子十二岁，小名叫虎子，他爸爸也是解放军，安徽亳州人，叫华昌海。

六年来，虎子爹为保住解放军后代，忍受屈辱挨骂。

陈家祠堂里，爷俩跪在祖宗面前，陈老爷子沟壑纵横的脸上挂满泪水。

几天后，虎子爹带着归来的虎子，登上了去安徽的火车。

后来，小镇上陈家中医堂换了坐堂医，据说是安徽亳州人，叫陈天铭。

绿皮火车轰鸣过

小镇站北一个大院里，住着关家三代人。关奶奶说，这火车站可比她的年龄大多了，她是坐绿皮火车嫁来小镇的。

冬天的一个午后，关奶奶的儿子关伯从外面回来浑身是雪，耷拉着脑袋推开了家门，这是关爷爷被医生告知病危的第五天。关奶奶瞥了儿子一眼问："那倔老头子没救了吧？让他有事没事总跟我找茬！"

关伯摘下棉帽子敲打着身上的雪，没回话，只是叹了口气。

关奶奶眼都没眨一下，叨叨咕咕地说："我嫁给这老家伙五十多年，也打打闹闹五十多年，没从他嘴里听到一句热乎话，好像说了那话会矮人一截。老倔头子，你不要想得太美，我可不上你的当，我才不去医院看你，我要活到一百岁。"

这时，关爷爷在医院的病床上含糊不清地嚷着："老太婆，有本事你来跟我吵啊！我们一起去天堂，哼，还是没胆儿吧？"

第二天深夜，关爷爷走了。关爷爷到底没有等来关奶奶。

办完了关爷爷的后事，关伯像往常一样坐火车回城里上班了。临出门嘱咐老婆关娘要注意关奶奶，没了吵架对象，别想不开，真去投河啥的。

小镇有一条河，不知从哪辈子起，投河成了小镇女人的拿手戏，关奶奶心里一憋屈，就拿这条河说事。关娘每天看着关奶奶，只见她拿起炕头上的针线笸又放下，打开炕柜翻出当年娘家陪嫁的小包袱皮，包上又打开，还不停地唠叨："老倔头子有能耐你别走，你不是说要一吵到底吗，咋了怕了？你不是要看着我投河吗？"

关娘听了，偷偷地笑。想起刚进门那阵，关爷爷的表妹来串门子，关奶奶一反常态的举动很是有趣。关奶奶看见那个表妹，就嚷着活不下去了，将房门摔得山响，跑出家门直奔镇西头的小河。一路上，惊得鸡飞狗跳，直到关爷爷撵到身旁，把她挡在河边，关奶奶还不依不饶。

后来小镇改造，小河边变成了休闲公园，关爷爷乐得咂一口酒夹一口菜，不再留意关奶的疯话，任她大呼小叫稳坐小炕头上。关奶奶就是关奶奶，眼珠滴溜一转，冲着关爷爷放出一句狠话："再惹我，我就去趴火车道。"

打这以后，关奶奶只要气不顺，就扭着小脚，头也不回地奔向大门口，边走边用余光瞄着身后的动静，走快了怕关爷爷撵不上。家里离火车站走路要一袋烟的工夫，她会在门前的老槐树下捂着脸哭一会儿，这样，关爷爷刚好会气呼呼地撵上她。

没了关爷爷，关奶奶的火暴脾气没地方发泄了，关奶奶就把儿媳关娘作为吓唬的对象，动不动就说她不孝顺，她不想活了，趴火车道算了。关娘使出全身力气拽着关奶奶，可越拽关奶奶嚷得越凶。关娘没办法了就说："娘要这样，我也没活路了，好吧，儿媳陪您一起去吧。"没想到，关奶奶听了"扑哧"一声笑了。

没了吵架对手，关奶奶每天蜷在炕头，任窗前冬去春来、窗外鸡鸭飞叫，只眯着眼不作声，像只晒太阳的老猫。

载着关伯的绿皮火车呼啸着开进小镇。关伯风似的推开家门，只见关奶奶混沌的目光里没了光亮，眼睛仿佛蒙上一层纱。关娘手里缝制着一件平日里少见的衣服，对着关奶奶比量。

两天后，关奶奶穿着关娘缝制的衣服，丢下九十个春秋，含笑走了。

以往家里的大事小情都逃不过关奶奶的法眼，关娘只是听喝儿就是了，这下关娘没了主心骨。

这天，关伯说："单位在城里给我分了一间楼房，老人也送走了，咱都去城里住吧，你也该享享清福了。"

不承想，没过多久，关伯竟一病不起，没留下一句话就走了。

关娘不顾儿女劝阻，独自搬回小镇。关娘说，还是听着火车笛声响，心里踏实。

巧婶儿

小镇的春天是蝴蝶飞舞的季节，载着巧婶儿的马车伴着花儿的芬芳而来。

巧婶儿，没人知道她姓啥，只知道她叫巧儿，是坐着张叔的马车从很远的地方来到小镇的。

初见时，巧婶儿很让人怜惜，走在街头弱柳扶风，一双暗蓝的大眼睛会传神，尤其那窈窕的身段，两条乌黑齐腰的麻花辫上打着粉色的蝴蝶结，扭扭捏捏地痒痒着一群爷们儿的心。

这时张叔眼睛眯成一条缝，有些得意。

好奇的巧婶儿见什么都好奇，尤其爱听邻居王伯讲古说今。王伯是小镇上见识广墨水又多的人，在城里上班，每天往返于小镇，街坊邻居都喜欢晚饭后围在王伯家门前的大槐树下，听他讲古城里的新鲜事儿。

巧婶儿有一双灵巧的小手，编织出有七彩蝴蝶的毛衣；疏密错落的针线活儿更是一绝，引得一群婆姨们纷纷效仿。

说来也怪，巧婶儿气管不好，天一冷就犯病，身体弱得气都喘不匀，但肚子还算争气，一口气给张叔添俩男娃。嚼舌的婆姨们明里暗里说："不用她浪，瞧着她喝西北风吧。"

张叔每天起早贪黑赶车揽活，勉强够一家人糊口。巧婶儿在家做些缝补活儿挣些零花钱，小日子才算勉强支撑下来。

镇上只有一家供销社，东西少而贵，巧婶儿有时干着急找不到做活儿用的针线布料。

隔一段时间，巧婶儿就会把需要的针头线脑拉个清单，塞给王伯 。赶上王伯在大槐树下讲古，王娘会递给巧婶儿个小板凳，张叔从自家端着大茶缸子过来给王伯倒茶，嘴上说："没文化，听个热闹吧。"说罢，嘿嘿一笑凑到巧婶儿身旁盘腿坐在地上。

巧婶儿织的新样式毛衣蝴蝶是主角，穿到王娘身上那叫一个俏，王娘包饺子，第一碗一定端给巧婶儿。

每天王伯下班一到家，就会被邻居围在中间，王伯有个万宝囊，一打开就会吸引所有人的眼球。当数巧婶儿眼睛瞪得最大，也最会说话。

"谢谢王大哥，你可让妹子开眼了。"

"他巧婶子，我还真得谢谢你，这镇上当数你最识货，大哥累点儿也值得。"

两人一句一句地拉着话，眼神也就活泛起来。

巧婶儿搭在屁股蛋上的麻花辫子不见了，学着小镇女人盘起头发，在高高的发髻上嵌着一只淡紫色的凤尾蝶，女人味更足了。

后来，巧婶儿添了台缝纫机，做起活儿来麻利又好，在站前市场租的摊位开张了，成了小镇第一个个体户。据说，缝纫机是王伯帮忙要的票才买到的。

生意火了，巧婶儿整天有做不完的活儿，听王伯讲古都是一路小跑。王伯只要看到巧婶儿的影子，声音就洪亮起来。

天冷了，王伯就改在自家的东屋里讲古，去的人自然就少了。王娘忙着手中做不完的活儿，这耳听，那耳就跑了。巧婶儿却听得如醉如痴，听到两只蝴蝶从墓碑前飞出的时候，哽咽啜泣。王伯与巧婶儿有说不完的话……

刚刚还听得有滋有味的张叔，忽地拉起巧婶儿，嚷着："天黑了，回家睡觉！"

后来，只要巧婶儿一露面，王娘就追鸡打狗，张叔脾气也大了起来，两家来往就少了些。

一个雨天的午后，巧婶儿想找王娘拉拉家常。推开王娘家房门，只有王伯独自在饮酒，桌上一壶酒一盘花生米，王伯喝得脸红到脖根儿，见到巧婶儿来了，顿时两眼放光。

"你嫂子烦我喝酒磨叨出去了，今天大哥接着给你讲梁山伯。"

"王大哥，我找嫂子有事，改日再听吧。"

转身想离开的巧婶儿，被王伯一把抓住胳膊，因站立不稳倒在王伯身旁。屋外的雨越下越大……

跑回家时，巧婶儿不敢看镜子里的自己，盘起的头发散落下来、衣服裹着身子滴水。赶巧张叔开着四轮车回来，用手摸摸没有热气的锅盖，气得别过身子抽闷烟。

一入冬，巧婶儿的气管炎又犯了，整夜不能入睡，跪在炕头喘个不停，就盼着蝴蝶飞来的时候了。

巧婶儿手巧做活儿仔细，主顾一点点多起来，缝纫店改成服装店，开到镇中心。王伯每天下班不再提着那个万宝囊了，供销社改叫商店了，街边个体商铺日渐繁华。

再遇见王伯时，明显感觉他的精神头儿不如从前。晚饭后讲古的声音也小了许多，用王伯的话来说，这都什么年代了，电视机走进家里，谁还稀罕听古。

一个冬日的清晨，王伯不明不白地病了，到了医院就被大夫留下，昏迷不醒，没过几天王伯就走了。

这晚，天空没有星星也没有月亮。巧婶儿哮喘病突发，天快亮时，折腾一夜的巧婶儿气若游丝，张叔拉着脸将巧婶儿背上四轮车去了医院。

王伯“七七”过后，嚼舌的婆姨们发现，巧婶儿打扮得如往日一样出门了，病了七七四十九天的巧婶儿，整个人更加羸弱，眼中光芒暗淡，言语也少了，她白天一头扎进服装店，晚上闷在家里，抱着之前王伯捎来的半导体收音机听古，气得张叔想把那玩意儿给砸了。

蝴蝶飞来时，巧婶儿将服装店改成旗袍店，在旗袍上刺绣出翩翩飞舞的七彩蝴蝶，巧婶儿的手绣旗袍飞出了小镇。巧手又巧舌的巧婶儿把生意打理得更红火，不忙时就躲在店里听收音机。

后来，巧婶儿的旗袍店开到了城里，她每天一袭旗袍，往返于小镇。据说有人看到，巧婶儿旗袍上有蝴蝶在飞。

半张照片

这天是桂花老太六十九岁生日，她打开一个上了锁的抽屉，拿出个红布包，一层层揭开后，竟是一个泛黄的相册。

相册首页，一张写着“百年好合”的照片中间有条裂痕，如一条鸿沟将一对儿年轻男女隔开。

熟悉桂花老太的人，都记得桂花把照片指给别人看时一脸幸福的样子。还不忘说上几句：“这是黑白照片，看不出大红围巾的颜色，是当年少卿领我去中街吉顺丝坊买的定情物，还有这金丝绒旗袍也是在这店里量身定制的，少卿的礼服和鞋子是在利民商场里选的，手上的金戒指是讷讷（锡伯族对妈妈的称呼）送给我的，是出自萃华金店的传家宝。”

照片里的桂花老太，肤白杏眼樱桃口，正是摇曳生香时，面如桃花依偎在丈夫少卿身旁。

后来这订婚照被放大并上了颜色，装进了相框，挂在婚房的南墙上。快五十年了，桂花去哪儿，照片就在哪儿。

那年，十九岁的桂花被月老一根红线牵着，登上了去蒲水镇的绿皮火车，嫁给了关家独生子少卿。

少卿选媳妇，任媒婆踏破门槛，他心如冰冻的蒲河水。自有一缕桂花香，荡漾着少卿的心。

桂花嫁来小镇，少卿就多了个尾巴。关老太太的家规和少卿的凤凰楼里飞凤凰故事，都让桂花觉得神秘。

平日里，关老太太手不离大烟袋，遇到不顺气儿时就举着烟袋锅子磕鞋底。桂花遇到麻烦就弱弱地冲着少卿一阵软语，少卿一声“讷讷”叫得关老太太烟消云散。

桂花只要看到挂在墙上的订婚照，心里就一阵狂跳，跳得面红耳热。这张订婚照，让桂花喜欢上了拍照片，喜欢上藏在中街繁华里的长江照相馆。穿旗袍波浪短发的全身照，女儿的百日照，全家福……拍完照片，还要去下饭馆、逛街、看电影。老边饺子馆、故宫、光陆电影院都是她留恋的地方。

多年后，关老太太在安享天伦后，笑着笑着就走了。

桂花与少卿被晚辈们称作关娘、关伯了，他们收拾家当搬去中街沈阳路旁的儿子家，准备迎接孙子出生。哪知，拍完孙子的周岁照，刚刚平静的日子再起波澜，关伯一场大病也走了。

关伯一走，带走了关娘的魂儿。天塌了，她搂着订婚照回老家小镇了。没有关伯的日子，泪水就成了没了堤坝的蒲河水。风趣幽默的关伯，给了关娘二十五年的幸福。

蒲河一冻一化就一年，关伯走了十个年头，蒲河边来个挎着相机的城里人，关娘的心窗掠过一丝风景。

关娘习惯一个人在蒲河堤坝上游荡，如泛黄的蒲草黯然神伤。张伯主动与关娘搭话，说要送她一张照片，是他拍的蒲河风景的获奖作品。关娘瞟了一眼，竟发现自己在风景里。

关娘一脸惊讶，打从关伯走，她多年没拍照片了。

时隔不久，好心人找上门给桂花说媒。事情真是巧，说来说去男方竟是张伯。

张伯在蒲河岸边支起帐篷，从日出到日落守着蒲河拍风景，一口一个“桂花”叫得关娘抬不起头。扛不住张伯磨、好心人劝，她一把锁头锁上关家门，跟着张伯进城了。

张伯发现，桂花偷偷捧着与关伯的订婚照发呆。

张伯病了，不吃不喝。

桂花急得转磨儿，张伯唉声叹气地说，桂花对他不一心。桂花没好气地瞪着张伯，说他还吃死人的醋。

桂花答应去长江照相馆拍结婚照，张伯才算过了这道坎儿。没想到长江照相馆停业了。

桂花六十六岁那年，张伯送给她一个雅号——桂花老太，还去中街二百，买了一顶酒红色圆边礼帽作生日礼物，这帽子戴在桂花老太的头上很衬脸色，她的笑容里有了些许的泪花。

张伯在临终前拉着桂花的手，求她原谅。说一时想不开，把她与关伯的订婚照剪了，还说桂花老太欠他一张结婚照，下辈子要补上。

桂花老太哽咽着点点头。

张伯去世三周年祭日，桂花老太翻出酒红色圆边礼帽戴在头上，让儿子陪她逛中街。

桂花老太像刘姥姥进大观园一样眼神儿不够用了，指着街道两旁的古香古色的琉璃瓦和金碧辉煌的高楼大厦，问儿子这百年老街在半年的时间里到底发生了什么，仿佛回到从前又不是从前，有点儿不认识了。

汗王宫与铜巷的牌坊粉刷一新，亨得利钟表眼镜店更明亮了，冰点城对面有个一人多高的冰棒被游人当作背景拍照，沈阳春天的门边挂个黑牌子写着“利民商场旧址”——太亲切了，什么嘎钟哥与哈鼓妹，这时尚的词咬得桂花老太舌头转不来个儿。

她走到长江照相馆的招牌下停下脚步，让儿子用手机为她拍了一张单人照。照片中，桂花老太站在照片的右边，左边留出个空位置，头上的酒红色圆边礼帽很是扎眼。

英　莲

老蔫儿与英莲是娃娃亲，是两家老爷子酒后磕头成了拜把子哥们儿，才有的约定。

英莲轻移莲步走在小镇街头，五官俏皮撩人，一条马尾辫吊在脑后，一身合体衣裤勾勒出腰身，男人们看了直咽口水。这么水灵秀气的姑娘，咋就嫁给了老蔫儿。有人猜，英莲家住得偏远，一定是奔着老蔫儿家几间大瓦房去的。

老蔫儿听了，嘿嘿一笑，也不言语。

“老蔫儿”这名字跟他这人忒相配，老蔫儿活了半辈子，从来没做过一件瓷实的事。

老蔫儿并不老，大名叫马勇，小时候是马家村出了名的捣蛋鬼。十六七岁那会儿蹦着高地折腾，有天在蒲河边玩跳水，一个猛子栽进蒲河里，被蒲草绊住，差点儿丢了小命。鬼灵灵的小伙子，打那以后就蔫蔫的了。渐渐地就没人记得他的大名了。

英莲的到来，让老蔫儿在村里赚足了面子。英莲的肚子争气地鼓了起来，转年，老蔫儿家添了个女娃，老蔫儿兴高采烈。

小镇上有些门路的人都去城里发财了，老蔫儿照例在街头闲逛，凭着祖上的房产出租，混个吃喝不愁，英莲每隔一段时间都要去省城采购，穿戴也有些味道了。

英莲与巧婶儿是同乡，英莲很崇拜巧婶儿。英莲第二个孩子出生时，又是个女娃，老蔫儿这下更蔫儿了。英莲眼珠一转，偷偷让老蔫儿找巧婶儿来。在英莲娘家流传着“踩生”的习俗，人们相信刚出生的婴儿第一眼看见谁，孩子将来的脾气性格就会像谁。英莲希望女儿沾沾巧婶儿的灵气，将来嫁个好人家。

英莲打从嫁给老蔫儿那刻起，心里就再未荡起啥浪花，憋屈时就甩脸子给老蔫儿。

老蔫儿在外面蔫儿，回家一见英莲就血往上涌，感觉有用不完的力气。英莲刚来时柔情似水，后来杠上了，说啥不让碰，老蔫儿的心里堵得慌。

镇上开了家彩票站，老蔫儿开始用上心了。琢磨了两个月，老蔫儿开始下注了，半年了连个末等奖都没中上。

老蔫儿回家后，不敢看英莲那水汪汪的眼神，蔫蔫地头朝里躺在炕上不作声。

直到村口来个卖化肥的商贩，支着买化肥抽大奖的牌子，老蔫儿才一骨碌爬起来，冲着英莲嚷，要把刚刚收来还没捂热乎的房租拿去买化肥。英莲迟疑一下莫名其妙地答应了，老蔫儿手上拿着钱直奔街口。

啪！ 老蔫儿将5000元钱拍在老板的桌子上，带着从来没有过的硬气劲儿。老板看着钱，拿出抽奖箱递到老蔫儿面前，老蔫儿仔细看广告牌，上面写着：化肥一袋100元，买5袋可以抽奖一次，一等奖是双缸洗衣机，二等奖……

老蔫儿撸胳膊挽袖子，一张、两张……一摞刮奖卡放在眼前。

刮开一张，“谢谢光临”，老蔫儿的汗下来了；刮第二张时手颤抖了，心也提到嗓子眼儿，英莲递给他的可是全家人一年的饭钱啊。围着老蔫儿的人越来越多，有几个不怕事儿大的直起哄。

老蔫儿动了心思，与卖化肥的老板小声商量：“这5000块钱5天买完行吗？”老板看他有点儿意思，就同意了。

老蔫儿收起4000元钱，背着手回家了。

接下来的三天，老蔫儿都是抬头挺胸地来，两手空空地走，回家不吃不喝，更蔫儿了。

老蔫儿放出话来，不中奖就跳蒲河去做鬼，吓得英莲不知如何是好，赶紧去镇上找巧婶儿商量。

见过世面的巧婶儿听英莲一说，眉头皱了起来。巧婶儿与英莲耳语了一会儿，就见英莲步步莲花地走出巧婶儿家。

第五天早上，英莲起早奔向化肥摊子，问这些化肥全包了多少钱，老板瞪大眼睛说出个数。英莲拉过老板耳语一阵，然后急匆匆回娘家了。

老蔫儿中奖的消息在小镇炸开了。老蔫儿终于出了口恶气，证明自己的实力了，真的中了一台洗衣机，双缸的。

中了奖的老蔫儿高兴得差点儿爬上树，被同乡拉住后拍着胸脯在小镇疯跑，见谁告诉谁他中奖了，而且中了一等奖。

扬眉吐气的老蔫儿去小酒馆喝得酩酊大醉。晃晃悠悠回到家，倒头就睡。

酒醒后，没种过地的老蔫儿，看着堆在院里的化肥唉声叹气，只有英莲知道他为啥闹心。

几天后，卖化肥的老板收摊走了，英莲一直目送他们走远。

街口，老蔫儿一改之前蔫不唧儿的样子，挺直腰板大声叫卖着：“化肥……化肥……”

英莲躲在老蔫儿身后捂着嘴哧哧地笑。

一年后，在火车站东头巧婶儿服装店斜对面冒出了一个化肥经销点，老板是老蔫儿，英莲成了老板娘。

柴火

早年间，靠天吃饭的范家屯，粮食一进仓后，在家家户户的大门左右，便会看到一捆柴火，像个门神。

这柴火，除了从田地里收割的稻草、玉米秆，还有从蒲河坝上打来的蒲草。

范老三除了有队长身份外，还有个能干的胖媳妇，人称胖嫂。听屯里人这样称呼她，她不生气反而咯咯笑，说："胖有啥不好，胖是福相，可以富家旺夫。"

这话还真在理。这范老三之前别说柴火垛了，连稻穗都数得过来。自打娶了这胖媳妇，当上队长，日子便一天天地富足起来了。

范老三当上了队长，挣的工分多了，手里也有了使唤人的权力。派活是个交人也得罪人的差事，哪块地离屯子近，哪个活儿是俏活儿，人们心里都有杆秤。范家屯大半个屯子姓范，拔一根毫毛动全身，这一来二去的，范队长与远房兄弟范老六有了过节儿。

范老六家里哥七个，不着调的他，三十出头了还没娶上老婆。一见到胖嫂眼神儿就不安分，他嘻嘻哈哈地凑上去，趁胖嫂不备，偷偷地伸出手，隔着裤子捏一把胖嫂肥得乱颤的屁股。胖嫂力气大，抓不住就算了，抓住了就跟拎小鸡似的，说要废了他，吓得范老六赶紧作揖求饶。

北方的屯子，半年耕种半年闲。一入冬，老少爷们儿五邻六舍就聚在一起摸小牌。胖嫂不喜欢牌桌，偏偏喜欢去蒲河堤坝打柴。

眼看快过年了，也是各家各户比柴火垛的时候，胖嫂哪能让这个份儿，起早贪黑去蒲河坝上打柴火，门前的柴火垛拱出个小山尖。

每天下午是胖嫂打柴火的时间。吃过午饭，范老三说要去镇里开会。胖嫂一个人背着柴火夹子走了，快走出屯子时，发现忘了拿捆柴火的绳子，返身往回走，快到家门口，看见丈夫闪进了邻居女教师的院子。屯里人都知道，女教师的丈夫是个车把式，常年在外拉脚，一个月才回来一次半次的。

胖嫂眼前一黑，想想上小学的两个女儿，扭头朝北屯口走去。

腊月的小北风，嗖嗖地直往裤管里钻，胖嫂用双手拉紧棉袄，没了打柴的心思，不知走了多远，一个趔趄倒在蒲河堤坝上，她捶胸大哭。

天一点点暗下来，一个黑影闪过，胖嫂被四仰八叉地按倒在地上，像被钉在十字架上，动弹不得。

胖嫂哭得稀里哗啦，捋头发整理好衣裤，背着空空的柴火夹子回家了。

推开家门时，范队长正嚷着等她回来吃饭呢。

“咋了？又去弄柴火了，咱家的柴火垛不是都成小山了吗？”

胖嫂炸雷似的吼了一嗓子：“谁还怕柴火多，还不是给你争脸，在咱村谁敢欺负老娘就要他狗命！”

晚上，做了亏心事的范老三见女儿们睡了，悄悄掀开胖嫂的被子，想钻进去，胖嫂一脚蹬开了他，说累了，翻个身泪水呼啦啦地涌了出来。

这以后，胖嫂再也没去蒲河堤坝打柴。

年，一天天近了。

胖嫂准备着三十儿晚上的黏豆包，糖果瓜子，萝卜丸子，冻秋梨，包饺子。范老三去队部贴对子了。

范老六闲着无聊，见不到胖嫂，就围着胖嫂家的柴火垛转，转得胖嫂心里七上八下。胖嫂也纳闷，几天见不到范老六，心就空空的。

年夜饭后，女儿们穿着花衣裳走街串户去玩了。

胖嫂看着座钟等财神。随着一声“二踢脚”乒乓炸响，一团火球子窜进了胖嫂家的柴火垛。

柴火垛着火了！

范老三拎着装满水的水桶，趿拉着鞋冲了出去，大门旁火光冲天。

邻居车把式棉大衣外系根草绳子，立马横刀地对着天空把鞭子甩得啪啪响。鞭子响一下，范老三就不由自主地战栗一下，这鞭子仿佛抽在范老三的身上。

胖嫂吓得腿都软了，端盆水一摇三晃跑出屋子。突然，一只手在黑暗中抓住了她的胳膊，容不得胖嫂反应，连人带水一起翻倒在地上，一只手在她的屁股上捏来捏去。

救火啊！救火啊！

范老三大声喊着救火，也许人们都忙着在家接财神，没人出来救火。

眼看着柴火垛呼啦啦烧成了一堆灰，范老三急得直跺脚。直到火灭了，邻居们才一个个赶了来。胖嫂急得直骂街。

大年初一早上，乡亲们来给范队长拜年，除了火烧旺运的吉祥话，还不忘带了一捆自家的柴火。

太阳升到头顶时，范队长家的柴火垛长出来了，比之前的还要高一截。

看着门前的柴火，胖嫂扭着腰身转身回屋，端出一盆盆水泼在柴火垛上。

又一盆水泼出去，范老六在柴火垛旁一探头，刚好被浇个正着。胖嫂一愣神儿，头发上的冰凌花，闪着晶莹的光。

麻　姑

在小镇，没有不知道麻姑的。麻姑是小镇一道移动的风景，白皙水嫩的脸蛋，莞尔一笑跳出的酒窝儿，水灵灵的丹凤眼，藏不住的小虎牙，不知走进多少男人的心。

当年追麻姑的小伙子排成队，她左挑右挑，没一个看中的。马小龙被拒绝后，真是有手腕，相亲当日，就立马横刀将麻姑堵在回家的路上，这一堵就是十几年。麻姑三十多了还没嫁出去，最后嫁给了马小龙，可这婚姻，很不被人看好。

说起马小龙，哪都好，聪明能干，就是皮肤底色过重，远远看去，一口小白牙就会跳出来。麻姑心里嘀咕，什么马小龙，简直就是马小黑嘛。

婚后的日子让人眼热。马小黑手捧着麻姑、口含着麻姑都感觉不够劲儿，把麻姑放在哪儿都不放心，巴不得拴在腰带上。麻姑成了马小黑的私人财产，不再出去工作了。

马小黑专做二手车生意，几年下来腰包鼓了，换新车买楼房。

麻姑喜欢城里，但也离不开小镇的小田园，半年住城里半年回乡下，马小黑两头跑。

麻姑在没成为麻姑之前，看着一群男男女女围着麻将桌，烟熏火燎点灯熬油地搬砖头，很不屑。

自打马小黑夜不归宿，没白天没黑夜地迷上打麻将，生意一落千丈。

风言风语扎到耳朵痛，麻姑不相信马小黑说坏就坏了，她搭上早班车去了城里。

此刻马小黑正在麻将桌上堆砖头呢，麻姑在他身后柔柔地叫一声“马小黑”，马小黑手一抖，垒在眼前的城墙呼啦倒了，起身赶紧让麻姑坐下，递上一杯茶。说闲着没事，磨磨手指头，也没多大输赢。

马小黑用一车好话送麻姑回了小镇。

苹果快熟了，麻姑每天守着小田园，从早到晚给苹果树捉虫时，马小黑仍迷着麻将，不回家了。

这种窝囊气麻姑当然是不会自己消化的，她一气之下，扔下苹果树去城里了。

没碰过麻将的麻姑，把自己关进屋子里，研究起麻将了。麻姑一出手，就不得了，三家闭门，杠上开花，麻坛老将们都直傻眼。一群寻风而来的老板，听说漂亮的老板娘来了，早早就跑来占位，好不热闹。

麻姑成了麻将高手，麻将的技艺简直是出神入化。有人称麻姑为麻坛仙姑，后来觉得绕嘴，就称麻姑了。

麻姑名声在外，每天都有人来找麻姑，打完麻将，喝酒、唱歌连轴转，麻姑乐在其中。

马小黑听说了，心里窝着一股气，摸黑回来了，求麻姑离开麻将桌，说他保证好好做生意，不再走歪歪道，对麻姑忠心不二。

麻姑说："你可想明白了，你都不要这个家了，我还守着它干吗？"

马小黑乖乖回店里打理生意了。任马小黑磕头作揖咋表现，麻姑就是不理他，马小黑被麻姑像流浪狗一样抛到角落里。一丢就是三个月。

在外给马小黑留面子的麻姑，却在楼房里开起麻将社，又学着城里的富婆，三五结伴地逛街小聚 K 歌。

苹果树开花了，马小黑的春天也来了。麻姑看着每天半夜偷偷摸摸进卧室的马小黑，心里偷偷在笑，就是装睡打呼呼，马小黑蹑手蹑脚地来，抱着麻姑软软的身体，睡醒一觉又蹑手蹑脚地走了。一大早伸着懒腰说："昨晚的梦很好。"

马小黑哼着小曲，拉着麻姑回小镇了。院子里的苹果树丰满了许多，果子出奇地好，虫子会闻味，专咬甜苹果。麻姑忙着给苹果树捉虫，顾不上搭理马小黑。

晚上，马小黑一本正经地向麻姑检讨。麻姑笑了，"瞧你那熊样，来，姑奶奶教你几招。”

“姑奶奶，以后就跟你混了。”马小黑心服口服。

苹果熟了，麻姑家的西屋里，传出自动麻将机哗啦啦的洗牌声。有人开着轿车来拜师或接麻姑去切磋，麻姑不再轻易出山。

一天，麻姑宣布要退出麻坛，小镇人也不明真相。

眼看苹果快熟了，麻姑如平日一样，围着苹果树捉虫呢。

回家的路

早上，袁梦刚到餐馆就接到保姆的电话：“你爸爸不吃不喝，一直叫着回家、回家……”

袁梦忙赶回家，只见爸爸眼神茫然，嘴里含糊不清地呼叫着：“回——家，回——家……”任袁梦如何呼喊，没有任何表情，喊着喊着他爸的头突然歪向了一侧。

袁梦哽咽着没有了泪水。

处理完爸爸的后事，她捧着爸爸的骨灰盒登上回家的火车。

三年前，袁梦大学毕业留在S城打工，想给爸妈一个城里的家。袁梦读大学时，一直在打零工。

想起在外闯荡的第一年春节前夕，袁梦眼里蓄满泪水。接到妈妈问她哪一天回家的电话，听着妈妈那欣喜的声音，袁梦恨不得马上飞到妈妈身边。可是她不能，她眼含着泪对妈妈说：“我刚找了一份薪水高又体面的工作，春节回不去家……”放下电话，袁梦泪流满面，好在电话那边的妈妈看不见。

这是大学毕业后的第一个春节，在流光溢彩的S城，袁梦穿梭在酒店大堂里，不知端了多少个盘子，才算熬过了推杯换盏觥筹交错的除夕夜。看着一桌桌食客逐渐离去，袁梦思念着小镇的爸妈。当夜色中的礼花渐渐熄灭后，袁梦独自一人走在空旷的街道上，心中莫名地惆怅。

袁梦从小就有好多想法，梦想走出小镇，梦想到省城上学，梦想当大老板，梦想挣好多钱，给爸妈在城里买大房子，让爸妈过上城里人生活。

当把这些想法讲给爸妈时，袁梦的眼中闪烁着光彩。

眼瞧着袁梦一天天出落成大姑娘了，妈妈看在眼里疼在心上，常常悄悄地流泪。蒲河岸边的家，笑声远去。轮椅上，爸爸望着围前围后的袁梦，口水顺着歪歪的嘴角流出来，袁梦轻轻地给爸爸擦去口水。

袁梦是爸妈的独生女。小时候，爸爸在镇上开了一个农具加工厂，爸爸人老实，生意也算红火。不料，一天一个工人出了工伤事故死亡，大笔的赔偿金一下子把爸爸砸出了脑出血，之后就整天坐在轮椅上，口齿也不太清楚了。整个家就全靠妈妈一个人忙里忙外。那年，袁梦刚十五岁。

希望都寄托在袁梦的身上了。妈妈暗自下决心，无论有多大的坎，也要把女儿培养成人，袁梦也立志要撑起这个风雨飘摇的家。

时光追着袁梦的脚步，袁梦几乎没有看到过S城的天有多蓝，映入眼中的总是眨着眼睛的星星。

让袁梦期盼又烦恼的春节又来了，袁梦提前给爸妈打电话报喜："妈妈，我的小店开业了，是一家五平方米的档口，在最繁华的街区，明年春节一定回家和爸妈过年。"电话那头，妈妈千叮咛万嘱咐，磨磨叽叽地不肯放下电话。

转眼又是一年了，妈妈又打来电话，这次妈妈没有催着她回家过年，只是提醒她照顾好自己，不要惦记家。不知有多少个夜晚，她默默计算着和爸妈团聚的日子。

三年创业，一年一个台阶。新店"美味制造"开业庆典如期举行。当袁梦举着话筒致欢迎词时，手机响了，手机里传来三姨的哭啼声："小梦，你妈得重病了，你快回来吧。"

心急火燎的袁梦，恨不得长出翅膀飞回家。在她推开家门的一瞬间，弥留之际的妈妈睁开了眼睛。三姨说："孩子，你妈妈得病已三年了，一直没告诉你……"当天晚上，妈妈走了。

袁梦推着轮椅上的爸爸回了S城。

为照顾爸爸，袁梦在"美味制造"餐馆旁租了个楼房，又雇个保姆照顾爸爸。爸爸叽里呱啦大喊大叫，烦躁不安，用手比画着，不知要干什么。袁梦想了个办法，买了个画板，让爸爸画出想说的话。

一幅似画非画的图出现了，一条河，岸边一农家院，下面歪歪扭扭地写着："回家，找你妈呢。"袁梦看着爸爸痴痴的样子，眼泪流到了嘴角，咸咸的。

袁梦望着火车窗外凄凉的景色，很后悔自己当初的选择。

镇西头添了一座睡着袁梦爸妈的新坟，墓碑前檀香缭绕，袁梦跪在坟前与爸妈话别。

又是一年除夕夜，天空飘起雪花。袁梦徘徊在街头，雪静静地落在斑马线上，瞬间融化。站在闪烁着红绿灯的十字路口，袁梦大声地喊着：“爸妈你们在哪？我要回家！”

愿 望

命运垂青于洪家，镇南中学家属院红砖瓦房里，一对双胞胎姐妹出生了。大大的眼睛甜甜的笑容，人见人爱。姐姐叫洪霞，妹妹叫洪英。

洪妈妈是镇南中学的数学教师，望着一对渐渐长大的女儿，一个埋藏在她心里的愿望悄悄浮出脑海。

洪霞、洪英上小学的前一天晚上，全家人在院子的葡萄架下围坐，洪爸爸讲着洪家几代人的求学经历，最后洪妈妈说："你们虽是女孩子，也要不忘祖训。"洪英、洪霞在父母面前，仰望星空许下诺言，长大后，一定要发奋读书，考上大学，给家族争光。洪妈妈为了这对姐妹放弃了升职的机会，悉心培养着她们。

当时是二十世纪八十年代，家里能出一名大学生是几代人的愿望。洪家经过对两个女儿从小学到中学的反复考察，一致认定洪英能实现洪家的愿望。

洪英的学习成绩在全校一直名列榜首，还有半年就高考了，洪妈妈更是不敢掉以轻心，关键时刻到了。可洪英在高二下学期，不知为何厌烦起学习，期末考试，成绩一落千丈。

洪妈妈感到事情不妙，发现洪英常常在晚饭后出去，就暗中跟踪，发现洪英是与一名男同学偷偷约会。洪妈妈连夜与洪英谈心，一起回想曾经的诺言，都无效果。无奈，洪妈妈只好棒打鸳鸯，将洪英的户口迁到外地亲戚家。洪英摇身一变成为姑姑的独生女。因为姑姑未婚，身份很尴尬。

高考到了，姐妹二人双双落榜。洪妈妈一下病倒了，洪霞明白妈妈的心事，感到很对不起妈妈。

洪英深感自己的任性愧对家人，暗自发奋再补习一年，一定要考入理想大学，实现妈妈的愿望。

这一年，洪英没有见妈妈和家人。

高考发榜了，洪英不敢去看榜。最后，在姑姑的陪同下还是去了。老师说，这个成绩报个中专有希望。录取通知书来了，她被财经学校录取。她委屈地双手蒙着脸大哭起来，觉得没脸见妈妈了。

两年后，洪英中专毕业回到省城工作，在一家国企做会计，洪霞当了一名机关干部。洪霞去探望妹妹，洪英看见身穿国家制服的姐姐，百感交集。当晚，洪霞住在洪英独身宿舍，她们找寻着童年的记忆和快乐，没有提起妈妈。

后来，洪英与同事张强恋爱了，妈妈在人前人后不再提起她。

洪英结婚后生了个女儿，起名叫张茗茗。茗茗大大的眼睛，越长越像妈妈。洪英时刻教育女儿要有理想，完成妈妈、姥姥和洪家的愿望。

茗茗真的考上了财经大学，毕业后又考上研究生。洪妈妈知道后说："满街都是大学生了，有啥可炫耀的。"一盆冷水浇得洪英透心凉，洪英知道妈妈还在记恨她。

茗茗研究生毕业后，成为一名税务干部。洪英这次没有直接回娘家报喜，而是悄悄给姐姐打了个电话。当洪英感觉自己终于能直着腰板、抬起头时，刚刚工作不到一年的茗茗提出要辞去公职，与同学合伙开外贸公司。

洪英搬来援兵姐姐洪霞，洪霞经过与茗茗彻夜长谈后，感慨地对洪英说："还是尊重茗茗的决定吧，不要再揪着洪家的愿望了。"

茗茗放着国家干部不当，偏偏要当个体户，洪英一下子被击倒了，一病不起。茗茗边陪伴妈妈，边实施自己的创业计划。

当茗茗外贸生意做得风生水起时，洪英住院了，去省城最大的医院、找最好的医生，无论多大代价，茗茗都要保住妈妈的生命。手术、化疗，茗茗日夜陪伴。

洪英望着奔波的茗茗，还是不能原谅她，每当有人提起茗茗时，洪英都愤愤地说："一身铜臭，谁稀罕！"

二嫂的草帽

二嫂家有个草帽，草帽上没有一根草，是用像草又比草有颜值的一种纤维纺织品编织的，不怕雨更不怕晒。

这草帽是二哥送给二嫂的结婚纪念物，一直挂在二嫂家客厅显眼的地方，工艺品似的陈列着，与家里博古架上的收藏品遥相呼应，一尘不染，像个大家闺秀。

二嫂直言快语嗓门亮，人很勤快，勤快得有点儿过分。城里人管这叫洁癖，地上要干净，墙上要干净，窗子要干净，厨房、卫生间要干净，连棚顶都要干干净净。二嫂手里常攥着个抹布，见灰就擦，外人去他家都要规规矩矩，从来不敢乱动。

当年二哥二嫂的婚姻，并不被人看好。是二嫂主动追的二哥，这事到啥时候都是落在小镇的一个话柄。二嫂不在乎这些，反倒觉得自豪，迎着飞舞在街头的唾沫星子，挎着二哥的胳膊在集市上示威，看看这个看看那个，只要一个眼神儿，二哥统统收下。二嫂自嘲：碰到喜欢的男人不出手还等啥？幸福是争取来的。回头一看，掉了一地鸡皮疙瘩。

二哥二嫂在同一个单位，二嫂是镇上第一个读过大学的人，二哥卷进了市场经济的大潮。二嫂见识多，鼓励二哥下海当老板干大事，二哥本来骨子里就不安分，听了二嫂的鼓动便辞职了。二嫂拿出家里的全部积蓄，支持二哥背水一战，在二哥成功的字典里，第一个词就是“二嫂”。

二嫂有时看到草帽就夸二哥有品位：“送我的草帽多金贵！这可是洋玩意儿，是你二哥在香港花500港币买来的呢。”

当年二嫂一身合体的连衣裙，配上这个草帽，在小镇可是一道风景，一时间集市上仿制品风靡起来。当年二哥是小镇上一踩乱颤数一数二的款爷，手里握着工程，随便帮谁一把，谁就会一夜暴富。二哥有钱了，开始喝酒玩牌摆阔气，二嫂说多了他就玩儿失踪。往返于香港澳门，就像小镇人起早去了趟省城，晚上乘绿皮火车回来。

二哥的生意做到了深圳，半年没有消息、一年没有动静也是常事。二嫂在小镇安安稳稳，自己该咋过咋过。后来，听说二哥在香港有了洋婆娘。再后来，二哥带着一身病回来了，生意也败落了，二嫂就再也不戴那草帽了。

事情过去多年了，二哥酒喝得再多也不走板，从来没提那些年他去深圳发生过什么。有外人打听，二嫂就笑着说二哥生意做大了，贼忙。

二哥二嫂的日子，在外人眼里，没有被风吹雨淋的痕迹，是惹人眼热的那种。但关上门，总有打不完的草帽官司。

再往后，二哥没了生意也没了朋友，整天闷在家里发呆，每顿都要喝上二两，热辣辣的酒一下肚，脑子活泛话就多了，絮絮叨叨不下桌。二嫂数落二哥平时乱花钱，过紧日子时自己受憋。

二嫂不买二哥的账了，只要二哥再提起草帽，二嫂就发火，三七四六一堆疙瘩话。二哥看不出火候，还显摆那500港币的草帽。二嫂说："谁稀罕你那破玩意儿，说不准是买给哪个骚娘儿们的，老娘不稀罕。"二嫂再也不提那草帽了，那草帽成了墙上的陈列品。

后来二哥二嫂离开小镇搬去外地的女儿家了。女儿女婿都是军人，逢年过节，一家六口打飞机换绿皮火车，浩浩荡荡回到镇上，过完正月十五再呼呼啦啦回去。二嫂每次回来，都会带些小镇上看不到的食物分给亲戚朋友，临走时把家里收拾得干干净净才离开。

小镇不是当年的小镇了，二哥二嫂的老院子也动迁了，高楼林立，原来的绿皮火车，被海豚样的动车所替代。

多年后的一个清明，二嫂带着女儿女婿回来了，捧着二哥的骨灰，下葬到蒲河岸边的墓地。

二嫂说再也不走了，他要守着二哥。二哥是突发心梗走的，之前曾嘱咐二嫂要回小镇，那里才是他们的家。

仿佛回到当年，二嫂一身连衣裙，头上戴着那顶草帽出出进进。奇怪的是，那顶草帽分明被丢弃在小镇的老房子里，老房子动迁时，二嫂没有回来，那这顶草帽是怎么回来的呢？

跳农门

盛楠大学毕业，不留恋城市的流光溢彩，成了返乡务农第一人。

有人问盛楠：“你爸妈支持你回乡当农民吗？”盛楠哽咽着：“这是我最难回答的问题，也是妈妈的心结。”

盛楠是独生女，从小娇生惯养，从四岁上幼儿园到二十三岁大学毕业，都是在爸妈亲戚们的期待中花一样绽放着。妈妈一直像守护蓓蕾那样，细心呵护，在邻居面前，妈妈早就帮盛楠规划好了未来：供盛楠读大学，为的是让女儿跳出农门，不再当农民。将来要在城里的写字间里工作，嫁个城里人。

哪知道，盛楠大学毕业前打来电话，说要回乡当农民，被爸妈否决。

盛楠想起三年前，拖着拉杆箱出现在家门口时，妈妈正跟邻居们聊天，扭头看见她，脸上的喜悦被冲得无影无踪。

“一个学金融的大学生，毕业后不去搞金融，回家种地？

你让农民干什么去？先不说国家，爸妈培养你就是为了让你回来种地吗？早知道你想种地，还读大学干吗？早点儿务农多好。”

盛楠为自己辩解：“当农民有什么不好，种地有什么不好？大学生种地，是科学耕种，不再是你们面朝黄土背朝天的传统做法。”

这晚，盛家的烟筒没了炊烟，盛爸爸躲在西屋里一根接一根地吸烟，盛妈妈哭天喊地几次要去投蒲河。

还是爸爸推开西屋门说：“我看当农民也没什么不好，咱们盛家几代人都是农民。”

一个靠种地的家庭培养个大学生的难，只有自己知道。二十年的心血，换回女儿回乡当农民，盛妈妈心里过不了这个坎，大病一场。盛妈妈之前的精气神儿没了，成天唉声叹气，抬不起头。

盛楠小的时候，看着爸妈在蒲河岸边种玉米，一年一年地辛苦劳作；又听说玉米收成太低，爸妈靠这片玉米地供她读的书，很辛苦。家里有棵桃树，结的桃子也要拿出去换钱。她就说：“等我长大了，要把这里种上果树，让爸爸妈妈吃上我亲手栽种的水果。”

盛妈妈一听，呸呸两口说：“这孩子净说胡话！咱们以后可要离开这土地，不再当农民了。上大学，去城里，有钱了花钱买水果吃。”

盛楠考上财经大学金融系，盛妈妈乐得合不拢嘴，看见邻居就说：“咱们家盛楠，将来得老有出息了。”

邻居们也都高看盛家一眼，在自家儿女面前，夸盛楠如何如何，说要向人家学习，考上大学，将来做个城里人。

谁也没想到，让镇上人夸得天花乱坠的盛楠拖着个拉杆箱，真的回来当农民种桃子了。

盛妈妈抗议不成，就不管不问，回娘家怄气去了。

盛楠的想法得到了同学们的支持，学农业的男朋友带了一群人来了，采集土样，考察环境，长枪短炮，闹腾了一周，然后回城了。

一周后，调研报告出来了，这里可以种植果树，但有的地块儿要换些土。

盛楠开始跑手续，动员左邻右舍加入合作社，盖连排大棚，搞有机农业。

镇上第一书记听说有大学生组团来当农民，亲自找上门，从小额贷款等给予大力支持。

盛楠和男朋友从合作社成立就搬进大棚，他们的爱情与小树苗一起成长。

盛爸爸开心地忙前跑后，做好后勤，保证孩子们吃好、睡好。先送饭，再打更。盛妈妈的气，也一点点消了。

树苗扎根了，长高了，开花了，结果了。

第一篮桃子上市，盛妈妈第一个跑来忙活，还叫上左邻右舍来帮忙。

盛楠开了直播间，向十几万“桃粉”展示可以用吸管喝的桃子。

盛妈妈逢人就夸女儿种的桃子有多好，没农药，靠科学加勤奋，还说：“不行的话咱就人工除虫，你们见过吗？真是开眼界啊！”

盛楠的团队成功了，种的桃子出了名，供货商上门订购；出土地出人力的，都有了回报。有一拨农民加入合作社，大棚连排，果树成片，昔日的玉米地，成了休闲采摘旅游打卡地。

盛妈妈见人就说：“盛楠啊回乡当农民，是有文化的农民，国家的政策又好，这帮孩子我是服了！早先我盼着孩了能跳出农门，现在我支持他们回家乡来。”

紫藤格格

每逢紫藤花开的季节，我都要忧郁几日，心里那种空寂挥之不去。正郁闷呢，手机响了。是弟弟的电话，说下午回紫藤小院聚会。

“回小镇的紫藤小院？紫藤小院不是动迁了吗？”我疑惑地问。

“坐动车来，有大礼相送。”

疑惑中，我登上回小镇的动车。窗外的风景闪闪烁烁，把我带入往事中。

童年时的紫藤小院，坐落在蒲河岸边，紫藤树下的秋千，还有奶奶的红糖饼，害得我夭折好多颗牙齿，可一想起就满口生香。还有爸爸讲不完的故事，妈妈做的饭菜，弟弟顽皮的笑脸……家的味道种在我的记忆里，回不去的青春湖畔，在心里荡来荡去。

上大学那会儿，回家要坐绿皮火车。出了火车站，我就像春天里的燕子，一路小跑出了火车站，跑过小市场，跑过百货商场，跑进蒲河岸边的紫藤小院。

记忆里奶奶仿佛是时间的晴雨表，每逢我回家，奶奶都会准时手搭凉棚，在大门外水井旁瞭望着，直到奶奶走了，我才感到那是奶奶多年的盼望啊。

后来，一到大院门口，就会看见手搭额头眺望的妈妈，夕阳裹住她的身影，金光灿灿的，我想一定是燕子报的消息。

每逢节日，一家人团聚在紫藤小院，被幸福的味道围绕。妈妈说，老宅只在我们回来时，才再一次呈现出雀跃、雅致的模样。这才是我骨子里的紫藤小院的味道。

童年里都是奶奶的影子，可惜的是我答应奶奶的事没有做到。本来约好，等我女儿满月就接奶奶去我城里的家住上一段时间，结果我在出月子的前一天做了个梦，真真切切地看见紫藤小院的门前摆了一溜儿花圈，我在哭泣中醒来。早上就接到爸爸的电话，说奶奶走了。紧接着没几年，爸爸大病一场也走了，我的人生之路是爸爸一手铺就的，想回报却没有机会了。我还欠了老爸一杯酒，答应他出院后请他喝酒，结果最后酒都洒在坟头上了。

有人说，这紫藤一定是不祥之兆。爸爸走后，妈妈铲除了紫藤，搬去城里弟弟家，紫藤小院就成了空宅。

之后，我很少回小镇，更不敢去紫藤小院。

小镇要改造，我兴奋地赶回去，欣喜后我茫然了，恍然不知去处。出了火车站，我找不到小市场、百货商店了，脚下的路被拦住，无法抵达那紫藤小院。紫藤小院所在的位置，被一个个

“拆”圈住。以前，尽管紫藤小院没了紫藤，但小院还在，奶奶和爸爸的影子还在。现在我成了小镇的孤儿，在街头流浪。

后来，把紫藤小院动迁的事交给了弟弟，我不敢触碰这紫藤小院了。

十年了，小镇在我的记忆里飘来荡去，那紫色的记忆，淡了浓，浓了淡，浸润着我，成了一抹不能触碰的墨。

动车站在镇北蒲河岸边，与坐落在镇中心的百年火车站一河之隔。我打了辆出租车，去站前广场。

车沿着蒲河廊道景观路东行，堤坝下一片片采摘园里，赤橙黄绿熙熙攘攘，像一幅春色满园的油画。“太美了！”我赞叹着。

司机师傅重复了一遍：“去镇里的火车站前吗？”

“是的，我是回来参观小镇的故乡人。”

出租车司机与我年龄相仿，听说是同乡，笑了，看来你是很久没回小镇了，站前广场北面，有一片老宅院被改造得特有味道，你可以去转转。

“是吗？”我掩饰不住欣喜。“就去那里，之前我家的紫藤小院就在那。”

“你说的紫藤小院，那里的房屋被征用后没有拆迁，被一位有心人翻修成锡伯族博物馆了，还是满院子的紫藤。”

前面就是站前广场了，在熟悉又陌生的火车站前我下了出租车。环视翻建一新的百年老站，我忽然发觉，自己与这里血脉相连，对紫藤小院那种无法割舍的亲切，不知何时盛满。

老屋的紫藤，首先进入我的视野，然后现出爸爸为我做的秋千。院墙翻修过了，风格还在。大门旁的水井成了风景，门房的上面有一块烫金的招牌“紫藤花园”。走进院落，我更是惊喜，紫藤罩着半个院落，比之前还茂盛，长廊下一排茶座供游人休息。窗棂上贴满剪纸。奶奶住的东屋复制得一模一样：炕琴柜，八仙桌，炕头的老虎枕头，绣着大字。我还发现，当年我据理力争的那个单人床，静静地摆在南窗下，落满紫藤的枝影。爸爸妈妈的西屋就现代些了，落地大衣柜、炕桌，还有写字台那熟悉的味道。

没想到紫藤小院复活了，还注入了锡伯族文化。看管紫藤花园的人告诉我，我除了参观，还可以免费寄宿在这里，永远不收费。有这等好事！我兴奋地拨通弟弟的手机，告诉他我到了咱们的紫藤花园，记忆里的紫藤小院被改造成锡伯民宿博物馆了，太棒了！

“哈哈，请紫藤格格验收，这礼物咋样？”

弟弟的笑声很近，我一抬头，刚刚还空空的茶桌旁，妈妈正在泡茶。

这晚，我住在紫藤小院，躺在小床上做回紫藤格格。窗外紫藤摇曳，婆娑着我的梦。

一碗水煮蛋

爹出事的第三天，他出生了。他是早产儿，娘怀他刚满七个月，因悲伤过度，他就提早来到世上。娘希望他能像爹一样强壮，给他起个名字叫“强”，强的家在小镇是大户，有几十户族人，强小时候并不孤单。

强脑子聪明，就是身子骨弱，小时候三天两头生病，常听人背后说，这孩子要不是他娘养得好，说不定早就被扔进蒲河喂鱼了。娘怕强去蒲河野浴，一时找不到理由，便说蒲河里有大鱼会吃小孩儿。强小时候胆子小，从不敢靠近蒲河。

娘种庄稼空闲时，养了两只芦花鸡，精心地饲养，盼着早些生蛋，再孵小鸡，再长大生蛋。这样鸡生蛋、蛋生鸡，强隔三岔五可以享受一碗水煮蛋，身体也一天天强壮了许多，到八岁上小学那会儿，身体就跟小伙伴们没什么差别了。

养芦花鸡成了娘的营生，蛋多了自己也舍不得吃一个，多是拿到镇上集市换些零花钱。强看在心里，暗自发誓努力读书，将来要挣好多钱，天天给娘吃水煮蛋。

强记得，只要自己有个头疼脑热，娘就会煮上一碗水煮蛋。那时候强还小，特别爱生病，他会把生病当作快乐的事，有时这病来得很奇怪，娘发现了也不揭穿。像变戏法一样，躲开抱窝的芦花鸡，跑去西房山的鸡窝窝，摸出两个热乎乎的红皮鸡蛋攥在手心里，一路小碎步奔到锅灶前，麻利地刷锅点火，一会儿就变出一碗热腾腾的水煮蛋。她把颤巍巍的水煮蛋端到强的面前。强一准儿一骨碌从炕上爬起来，双手接过那咕咕噜噜的水煮蛋，一口气吃下肚，出了一头细汗，病就好了一半儿。有几次强赖在炕头不起来，娘用手摸着强的脑门儿偷笑，问："是馋水煮蛋了吧？"

直到强娶妻生子，只要有个感冒伤风，照例会有一碗水煮蛋，赛过灵丹妙药。

强考上大学留在城里工作了，准备去城里安家。任强说破嘴皮娘也不去，娘说自己身子骨硬朗可以照顾好自己。从此，这水煮蛋就成了强恋家的不舍，娘只要知道强回家，就一定做上一碗水煮蛋。

这天，强下乡途经小镇，拨通家里的电话，刚好娘接到，挂了电话娘立刻追得芦花鸡跑得岔气儿，然后从鸡窝窝摸出热乎乎的红皮蛋。

太阳落山时，强顺着蒲河廊道开车回到小镇的家。娘听到车鸣笛，就开始点煤气罐做水煮蛋。强看着娘忙碌的身影，心里满是感激，真想亲手给娘做一碗水煮蛋，可每每都会被娘推出厨房，说等娘老了，做不动了，你再给娘做。

一晃十几年过去，强也已走上领导岗位，工作忙应酬多，回家里的次数少了，娘的水煮蛋也没那么诱惑了。娘怕打扰强的工作，也很少主动打电话，偶尔会发微信给强，嘱咐他少喝酒，注意身体。强过年过节领着妻子儿子回来，娘就会像招待客人一样。强担心娘受累，就说下次不要做这么多菜，吃饱就好。

话是那么说，娘该咋做还咋做，从早忙到晚，只要强在家吃饭，饭桌上就一定四菜一汤，外加一碗水煮蛋。

一天，强开了一整天的会，想起好久没回小镇看娘了，下班后就连夜赶回老家。敲门没有应答，强急忙掏出钥匙打开房门，却不见娘。

强有种不祥之感，餐桌上一碗水煮蛋。“娘，娘……”强转身奔向厨房，也不见娘，推开卧室门，只见娘躺在床上似乎睡着了，咋叫也不回答。

120 呼啸而来，娘被救护车拉走了。娘从此没有醒来。

强大病一场，没有了娘亲手做的水煮蛋。强越想越感觉对不起娘。

娘走了。强打不起精神，他默默整理娘的遗物，一个本子压在五斗橱最底层的抽屉里，他发现了娘的手迹。这是一本泛黄的日记，记录着强的成长过程 ，从出生到上学、毕业，再到工作结婚生子，就连他每次回来吃水煮蛋都记着，还说，难为了家里的芦花鸡。

娘走了一年多了。这天，朋友小聚，强手机有微信来，是娘的微信号发来的，嘱咐马强少喝酒，还说别忘了回家吃水煮蛋……

强边看微信边流泪，告诉朋友说娘让他回家吃水煮蛋。朋友搞不清强哪里出问题了，就匆匆告别了。强赶紧回小镇的家。打开家门，翻遍锅碗瓢盆也不见那碗水煮蛋，强躺在娘曾经睡过的小床上，学着娘的样子，辗转反侧。

第二天，有人看见强在蒲河北岸焚香跪拜，一碗冒热气的水煮蛋供奉在娘的墓碑前。

关一刀

解放军的红旗在城门楼上飘扬时，关三爷担着剃头挑子回来了。

一别多年，关三爷回到四平街，盘回了店铺，挂上了“关一刀”的幌子。

街还是那条街，胡同还是那条胡同，招牌还是那块招牌，掌柜的一张熟悉俊朗的脸，让“关一刀”的熟客们停下脚步。

原来，打从大清朝那会儿起，关家在四平街上就闻名遐迩，祖上是九门提督，

到关三爷父亲这辈，说不清中了什么邪，偏偏迷上了剃头。

关家在官局子胡同，家的门脸儿就是剃头铺子，“关一刀”的剃头手艺小有名气。

关三爷在家里排行老三，是关一刀第二代传人。关三爷小的时候，大哥习武、二哥喜文，唯有他喜欢这剃头挑子。

别人家的孩子舞刀弄剑时，他在学着父亲的样子备刮刀，

在父亲脸上比画着，十三岁就跟着父亲学艺了。关三爷个头儿大，背挺直，长脸高鼻招风耳，眼光独到。十五岁就担起挑子，跟着家父去老主顾家剃头了。

关三爷长成汉子时，家父守着剃头铺子，他一身灰色长衫挑着剃头挑子穿行于四平街的巷子里。

剃头挑子分两头，装有剃刀、梳子、篦子、水盆、烧水的炉子，还有顾主坐的凳子和围在身上的布单，以及装碎头发的笸箩。当然少不了一把由钢片和铁棍组成的“唤头”。

关老爷子年纪大了，关三爷正式接过关家的剃刀。关老爷子临终时叮嘱着：“一定要守住‘关一刀’的魂，这剃刀可不是一般的剃刀，是我在祖宗牌位前发过誓的。该剃的头不给钱也得剃，不该剃的头说出龙叫唤给个金山也不剃，要对得起‘关一刀’的招牌。”

话怕传，一传便神了，说关三爷有个绝活儿，蒙上眼睛剃头，一丝不乱，被称为神刀。有人慕名而来，有人请去家里。

每到腊月，“关一刀”铺子里挤满了前来剃头的人。三爷不急不躁、刮脸、掏耳朵、剪鼻毛、清眼目、修整胡须和头、面、颈肩部的按摩一套下来，保证剃头人须发整齐，面目一新，舒适清爽。

关三爷哪都行，就是关三奶中药吃了几麻袋，孩子还是没动静。关三爷听了算命先生的话，把老婆送回三十里外的老家，蒲河岸边的小镇。

隔年，老婆抱着儿子回来了，起名少卿。三爷乐得买个摇车挂在剃头铺里，整天不错眼珠地盯着儿子，没客人时逗得儿子咯咯笑。

少卿打小就在店铺里转悠，熟客都称少卿为少东家，说是关家的第四代传人。

日本人来了，关三爷收起牌匾闭店了，带上老婆儿子剃头挑子，又回古镇了。

老宅在镇子东头，背靠蒲河堤坝，曲径通幽，他在院子里一棵老槐下搭起棚子，摆上剃头椅子，备刀开张了。

驻扎在古镇火车站附近的日本守备营有个少佐，听说镇上来个剃头高手，很是好奇，想开开眼界，打发伪保长把关三爷叫来。

日落西屋，关三爷正在为一老者刮脸，伪保长横着膀子吵嚷着一脚踹开院门。关三爷看都没看来人，一听要他去给日本人剃头，说："不去！爷不伺候小鬼子。"

讨个没趣，伪保长气得舌头直打结："你，你可要想，想好了。"围着关三爷转了一圈儿，气呼呼地走了。

伪保长在古镇出了名的不着调，游手好闲，遇上好看的女人就走不动道儿。之前来店铺看见三奶奶，非让三奶奶给他剃头，让三爷举着剃刀轰走了。

天黑了，街头巷口冷寂下来，伪保长仰着头觍着脸又来找茬了。伪保长的舌头又打结了，手指着关三爷吼着：“别他妈的敬酒不吃吃罚酒，日本人的耐心是有限的，今晚你要是不跟我走，你的女人必须跟我走！”说着就来拽三奶奶。三爷哪受过这个，一下火了，抬手就把剃刀插在了伪保长的胸上。

出人命了！关三爷慌乱地带上剃头挑子，锁上院门一家三口连夜逃去乡下了，直到沈阳解放。

噼里啪啦，中街官局子胡同里，鞭炮声招来一群人，昔日挂着黑底金字写着“关一刀”的牌匾再现，抢眼的是店里那把泛着金光的剃刀。

于是乎

中街官局子胡同来了个算命先生，他一身灰色长衫，脚穿尖口黑布鞋，个头儿不高，脊背微驼，眯缝着眼睛，倒有一番精神头。

算命先生有个口头禅，不管说什么都要说上一句“于是乎”，一来二去，“于是乎”就成了算命先生的名字。

于是乎的算命摊子，与关三爷的剃头铺斜对门，关三爷在剃头之余也多了些谈资。

在中街保留着老式剃头铺子，关三爷是独一份儿。剃头、刮脸、掏耳朵、松腰背一项都不落，从关三爷门里出来的人从头到脚都舒坦。关三爷一肚子故事，中街的前世今生挂在他的嘴边，边干活边讲古，回头客不剃头时也喜欢来坐坐。从关外扯到关内，从四平街讲到中街。

于是乎沾了关三爷的光，来剃头的有拿不准的事，也顺便问问于是乎，解解心宽。求财的，问前途的，断姻缘的都找上门来。哭丧脸来，笑着走的，与笑着来吊着脸子走的，都是常事。于是乎的名声也飘出了胡同。

有人说，于是乎有两下子；也有人说，于是乎就是蒙事儿。

这天是阴天，关三爷的剃头铺没客人，对面的于是乎也一个人耷拉着脑袋打盹儿。

剃头铺的门"吱嘎"一声开了，这是关三爷特意设的动静，怕怠慢客人。

"来拜访东家，能帮我剃剃头吗？"

关三爷见于是乎送上门，笑脸相迎。

"欢迎，欢迎！请问有什么要求吗？"

关三爷一手拿着木梳，一手举着剃刀，在于是乎的头发上荡来荡去。

"没啥要求，您看着剃，于是乎这头就交给您了。"

"好嘞。"

于是，关三爷三下五除二，搞定。

一对阴阳鱼，攀附在于是乎的头顶。

于是乎对着镜子一愣，转而笑了。

"好一个阴阳八卦头，剃得好，剃得妙！"掏出一元钱递了过去。

关三爷解开围在于是乎脖子上的围布，收起剃刀，一脸真诚，"举手之劳，免了。"

于是乎将钱揣进口袋，说："那好，不收您也开张了。兄弟也无功不受禄，您就当帮兄弟个忙，给您看看面相，于是乎，也算开个张。”

关三爷一听，哈哈大笑，“好个开张，开张。”

关三爷嘴上应着，挪把椅子坐了下来。

于是乎眯缝着眼睛瞟着关三爷的脸，右手大拇指、食指、中指、无名指、小手指间有规律地点来点去，口中念念有词。

“老哥的面相可了得！天庭饱满地阁方圆，耳有垂珠，富贵之命，于是乎，在古盛京就是个王爷命，子孙可有厚福，是含着金疙瘩出生的，于是乎啊，有官，有位，有为。”

熟悉关家的人都知道，关三爷在家排行老三，祖上是在大清朝做官的，任九门提督，属镶黄旗，在盛京城有四进院，阔气得不得了。关三爷老家在城西小镇，他一个人在城里做生意多年，大儿子关少卿，在城东大工厂当工程师不久，就传出被列为副厂长人选。

关三爷脸上有光，拿来一壶老酒答谢于是乎，于是乎眼珠子滴溜一转笑了。

“咋了？我说中了不是！不跟您吹牛，我于是乎没有看走眼的事儿，这酒就免了，要是想答谢，下次还是帮我剃个头吧。不过这次按我的要求，剃个寸头如何？”

“剃头没问题，寸头？就你这年岁干这行当也不合适啊。”

“这个您就不懂了，我于是乎就是于是乎，这算是给您留个题目，慢慢想答案吧。”

如于是乎所料，关少卿走上了领导岗位，一升再升，手中的权大了又大，眼前风景煞是迷人，金钱美女扑面而来，高处不胜寒，终因没能把握住底线，栽了个跟头。

少卿的事儿一出，关三爷脖子上像吊了块石头，讲古的心思也没了。那天，他一脚踢开于是乎家的门。

于是乎虽年逾古稀，但脑袋瓜子一点儿不含糊，面对关三爷质疑的目光，手捻胡须，不紧不慢开口了："咋了？我又说中了不是？什么人也逃不出因果。这少卿呀，本该有官、有位。但是，有官在身，但不为焉能有位，于是乎其位也微呀。"

听闻者频频点头，竖起大拇指。

见关三爷蔫儿了，于是乎嗓门提高了："还记得您帮我于是乎剃的寸头吗？到现在也该解出来了。"

关三爷的脸"腾"地红到脖子根，挠头发晃脑袋。

"哎，那是叫你家少卿，做事要把握分寸。"

"如何？你还是不服气，下次就帮我剃个和尚头，回头我收摊子出家当和尚去，也一了百了。"

从此，于是乎名声大振。

不久，关三爷关了剃头铺子，准备回小镇了。于是乎找上门，一定要剃个光头。关三爷拗不过他，就给他剃了个精光刮个锃亮。

于是乎没算到的是，他的屋子在中街改造的规划里，被拆了。

于是乎挺直腰板，走出胡同，朝着长安寺的方向走去。

醒来的月光

这是一个没有月光的夜，在寒风的裹挟下，雪花恣意地飞舞在小镇上空。当第一缕炊烟升起的时候，雪花才垂头丧气地停下来。

混沌的晨色中，站前广场上，一个衣衫褴褛的大男孩儿，在垃圾箱里翻腾着。

他叫小小，蓬头垢面，隐约中露出几分英俊。小小是镇东头老马家的独子，马家几代人以剃头为生，小小的病让马家拮据的日子雪上加霜。

两年前，小小看上了邻家女孩儿倩倩。在小小的心中，倩倩就是他的月亮仙女，她有双弯弯的月亮眼，尤其那娇嫩的脸蛋，更像十五的月亮。

小小在课堂上常走神儿，倩倩那张脸总在他眼前荡来荡去。每天上学放学，跟在倩倩身后的一定是小小，倩倩不敢看小小，她怕小小直勾勾的目光。

一个月色朦胧的夏日，小小鬼使神差地走进倩倩家小院。西厢房影影绰绰飘着月亮仙女的影子，上半身裸着，坐在小船型的木盆里。倩倩弯月般的笑眼眯着，脸蛋微扬，挂着晶莹的水珠。小小的脸颊发烫，身体被热浪包裹着，整个人僵住了。

他扒着门板的手一滑，咣当一声扑进了西屋。

倩倩一声尖叫，顷刻间一条扁担砸在被幸福包围着的小小身上，小小没感到痛，爬起来想跑，却被倩倩爸一把抓住，小小颤抖着晕倒了。

小小醒来后，就只是痴痴地笑。家里拿出全部积蓄去省城各大医院寻医，也不见好转。看着儿子，小小爸的视线模糊了。

小小成了傻子，辍学了。

好在小小人缘好，吃百家饭饿不着。只是有一群不懂事的孩子，跟着他追着打着喊着："小小傻，傻小小……"飞起的小石子雨点儿般落到小小身上，小小好像自戴盔甲，浑然不知，边跑边笑。

入冬了，小小穿着漏风的棉衣，左手拉着棉袄的前大襟，右手提着松垮的棉裤腰，风在身体里穿行，他不住地发抖。间或，他还腾出一只手依然在垃圾箱翻腾着，时不时瞄一眼行人，这路口是倩倩每天的必经之路。

不知从哪趟火车下来个小乞丐，他们成了朋友，小小被那些调皮的孩子追打时，身后多了一个追打那群熊孩子的小乞丐。

春天来了，小小脱下了七零八碎的破棉衣，穿上了干净的秋衣秋裤，洗了脸也剪了头发，笑嘻嘻地走在街头。

小乞丐揉着眼睛惊讶地大声喊：“你还是小小吗？”刚刚还有些神秘的小小，拉起小乞丐跑向垃圾箱，一会儿就灰头土脸没了先前那模样。

在通往镇南中学的小路上，两旁红砖青瓦房整齐地排列着，小小记得这里。

转过几道弯，学校就在眼前了，操场上欢快的笑声飞出高高的围墙，小小踮起脚寻找什么。

太阳正红时，校园内没了喧嚣，学生们陆续走出校门，小小眼巴巴地等着，之后失望地离开了。

夏天的脸说变就变，天阴下来，风中摇曳着雨滴，大大的一颗又一颗，小小奔向校园门口。

雨停时，月亮已爬上了天空。琅琅书声在校园回荡，小小累了就蜷在胡同口的柴火垛旁，枕着月光打起瞌睡。

一声尖叫，小小一骨碌爬起来顺着声音追去。月光下，只见女孩儿一双泪眼圆睁，脸色惨白惊恐地扭曲着，上衣被撕开，露出白嫩的肌肤，一个男人正凶巴巴地吼着。小小猛扑过去，与那男人厮打在一起。

救命！救命！女孩儿看着地上滚着俩泥人，吓得不知所措。那男人几次想挣脱，小小死不放手，直到小乞丐赶来帮忙，才将那男人控制住。

倩倩得救了，小小吓得没了踪影。

第二天，倩倩跟在爸爸身后来到小小家道谢。看小小家穷得连一样像样的家当都没有，倩倩爸决定去省城找医生为小小治病。

倩倩家卖了一处老房，将小小送进医院治疗，小小的病情时好时坏。

一个农历十五的夏夜，倩倩在自家西屋摆上小船形木盆，在月光尽洒时，羞涩地裸泡在水中。

小小被引入倩倩家小院，月光朦胧，小小扑到虚掩的门板上，见月亮仙女裸着的肌肤犹如刚剥壳的鸡蛋。仙女若有所思着羞涩地笑了，眼睛弯得像月牙儿。

小小一声尖叫，跑开了。这是为了唤醒小小记忆，倩倩爸与女儿商量，在自家西屋重设了当年的场景。

不久，小镇那个傻小小不见了。

小小跟着爸爸学起了理发，成了大徒弟，小乞丐被收为小徒弟。

一串鞭炮声中，小小的站前发廊开业了。月亮升起时，一位长发飘飘的女孩儿走进来，说是要应聘。

小小看到一位天仙飘来，笑眼弯弯像月牙，月光里的倩倩，如夏花般灿烂。

许大巴掌

许达是供销社副主任，住在镇北大院东头第一家，一年四季看家犬一样守在大门口。这道门是送货取货的马车必经之路，赶上许达气儿不顺时，大巴掌一扇呼，驾辕的马便被吓得抬起前蹄摇三摇。车老板们背地里都叫他许大巴掌，许达听了后，对着墙上的镜子看着自己，他挺直腰高出镜子一头，便弯下身子冲着镜子扮鬼脸，眨眨大眼睛、努努大鼻子、拽拽大耳朵、嘟嘟大嘴唇，最后举起蒲扇大的手掌，看看手心又看看手背，笑了，“许大巴掌，许大巴掌，好！”

“许大巴掌”这名就这样叫开了。

许大巴掌刚来古镇时，憨憨的一身力气，谁家有困难喊一嗓子便不带掉地上的。他老婆崔兰生过一个男孩儿，一岁那年出麻疹高烧不退，送到医院后还是没抢救过来。许大巴掌一巴掌拍碎了医院的大门，打那之后，他受了刺激，一发怒就抡巴掌。家里有个铁皮箱子放着孩子的东西，至今谁都不能碰，高高地放在大衣柜上。

那时买东西都凭票，粮票、布票、肉票要按人头定量发放，连纯豆大酱都是紧俏商品。每个月进多少货品，供应镇上居民凭票能购买到食品和生活用品，大权被许大巴掌握得紧紧的，谁也别想动歪心眼。

年轻时的崔兰，穿着城里女人的花裙子，是镇上出了名的风流人物，许大巴掌睁只眼闭只眼。爱说闲话的婆姨说："别看许大巴掌有多壮，还是差点儿啥。"好事儿的爷们儿说："崔兰表面鲜亮，是一块盐碱地。两个孩儿的指标用完了，也没生出个带把儿的。"这可是许大巴掌的软肋，管不住嘴巴的人，被许大巴掌扇飞的大有人在。

许大巴掌喜欢喝小酒。一壶酒，一盘花生米，除了年节，饭桌上很少见到鱼肉。崔兰知道许大巴掌去供销社买东西，从来不用票。起初他拿着票去又拿着票回来，最后干脆不拿了。这剩下来的票，都孝敬谁去了呢？为这事，崔兰几次想讨个说法，话到嘴边，许大巴掌轻轻一抬巴掌她便咽下去了。

平时嘟噜着脸的许大巴掌，遇到邻居家的小男孩儿就满脸堆笑，拿出准备好的糖块儿放在大巴掌上，蹲下来说，谁叫他一声爸，天天有糖块儿吃 。

崔兰掐腰跺脚放出狠话："哪家女人敢打大巴掌的主意就掐死她儿子。"

崔兰说这话时恰巧许大巴掌赶上了，他一巴掌把崔兰扇回了娘家。

二十年后，供销社解体了，买断工龄，许大巴掌趾高气扬的日子也到头了。

谁也没想到，许大巴掌卖了老房子，承包了供销社，挂上商店的牌子，招兵买马开张了。

嚼舌的女人舌头一翻个儿说，许大巴掌是第一个敢吃螃蟹的人，带领咱们致富奔小康。

许大巴掌当老板了，眼里的光，脸上的笑、走路的步子、抬起的巴掌都变了。有人说，许大巴掌被改革的春风吹软了，这大巴掌啊换成招手了，这是要掏空咱们的钱包。你看他那客气劲儿，还有耷拉的巴掌，让人心里发慌。

半老徐娘的崔兰浪里浪气地吆喝着卖货，腰包鼓起的老爷们儿赶来捧场，买完东西还不忘搭讪几句，眼珠子不安分地游来荡去。

商店刚有些起色，镇上改造，开发商看上了镇北大院和商店的位置，要动迁盖楼房，许大巴掌几次谈判无果。搬家的当天，把自己关在商店里，守完最后一夜。

商店被安置到农贸市场，营业额开始下滑。许大巴掌四处找货源求销路，勉强够员工开支。他春节前去城里订年货，回来时赶上大雪路滑，连人带自行车摔倒在地上。他被送到医院时，奄奄一息。

崔兰拉着许大巴掌的大手，呼天喊地：“你个不守信用的大巴掌，快起来！”

清理许大巴掌遗物时，嚼舌的婆姨说一定能找到存折，崔兰打开一直锁着的铁皮箱，里面除了有一件当年儿子穿过的小衣服外，其他的都是各种颜色的票票——鱼票，布票，肉票……气得她直拍墙，“你这省吃俭用的，让人指着后脊梁骨，图的是个啥呀！”

许大巴掌出殡当天，坟头旁有一个小花圈很惹眼，这是崔兰用盖着印章的花花绿绿的票票做的，伴着无声的泪水，她把花圈一把火烧成了灰。

| 九 指 儿 |

村口空荡荡的，一声鸡鸣从东头叫到西头，九指儿跟在董老大的身后扛着锄头下地了。

村里的年轻人都去城里打工了。九指儿也想去，但被董老大扯着膀子拉回了家，九指儿是董家独苗，被家人不错眼珠地盯着，就差没被董老大拴在裤腰带上了。

这天他们没干农活，董老大把九指儿叫到跟前，讲起了有关“九指儿”的故事。

九指儿出生这天早上，一群乌鸦盘旋在董家的屋顶，黑压压地很瘆人，人们远远地走开了。

董家在痛失两个儿子后，媳妇又怀孕了，当时老辈人有个老论，说是想保住孩子要在孩子出生后，由生母咬掉孩子的小脚指头，还要吃下去，孩子才跑不掉。打从媳妇怀上，董老大心里就不是个滋味。媳妇的肚子一天天大起来，像个熟透的西瓜。他太了解媳妇了，连蚂蚁都不碰的胆小鬼，咋下得口去咬儿子的脚指头，还要吃下去。有了儿子，媳妇还不疯了！

董老大媳妇算计着还有两个月要临产，刚好是玉米成熟的时候，心里惦记收成，就悄悄去蒲河岸边找护青的董老大。刚走到地头，肚子一阵绞痛，羊水顺着裤腿流出来。

等董老大发现，媳妇躺在了垄沟里，孩子已经生出来了。

接生婆来了，董老大接过孩子，捧着孩子的小脚丫，看看这个指头摸摸那个指头，软软嫩嫩，1，2，3……9，心里数着，颤抖地喊起来，九个指头九个指头。

董老大媳妇疯癫地嚷着："是'九指儿'！"董老大定了定神儿，拍拍胸脯，大喊："九指儿！老天保佑，我董老大有儿子了！"

九指儿隔着鞋子摸着脚指头，听呆了。

董老大拉住九指儿说："到啥时候你都要记住，你的命啊是上苍赐给的，这土地是咱们农民的根，我们不守着谁守着？不能总看城里的月亮圆。"

九指儿似懂非懂地点点头。

九指儿一天天长大，到了该娶媳妇的年龄，见到漂亮女孩儿眼睛就放光。

董老大知道九指儿的弯弯道，说："漂亮女孩儿谁都喜欢，你得有本事，漂亮女孩儿才会嫁给你。"

九指儿听后，便对着土地下功夫。先用一块地做实验，春天送粪、耙垄、捡石砾，不厌其烦地将土坷垃砸得细粉一样；夏天蹚地、薅草、间苗，把每条垄都收拾得清清爽爽；秋天，不仅颗粒归仓，连秸秆、茬子都要仔细地割倒、刨出、捆好，再拉回院子里，整整齐齐码好，仿佛对待一件件宝贝似的。实验成功了，董老大把家里的几亩地都交给九指儿了，自己搭下手。

九指儿从十几岁起就跟着董老大下田，一直保持着挎个粪筐拾农家肥的习惯。他在田间地头挖一个土池，把捡来的粪放在坑底，割青草、掺黑土，自己做肥料，把这些农家肥撒到每一棵庄稼下。秋天他打下的粮食不仅多，还干净、籽粒匀称、香。

九指儿种的粮食，被城里人看中了。妇女主任来了，身后有个漂亮的女孩儿，说是慕名来学习的，见到九指儿，两人有聊不完的话。

董老大不再唉声叹气，拉上媳妇跑去自家祠堂，告诉列祖列宗，咱们九指儿要开枝散叶了。

九指儿成了种植大户，“大红花”与漂亮媳妇一起进门了。

外出打工的人回来，看到蒲河北岸，九指儿种的有机玉米被指定为出口产品，都想把自家的地交给他打理，九指儿笑着接受了。村里人都说，亏了有九指儿，村里才这么安稳，在外面打工也安心。

每年春节，村里都会和带着鞭炮返乡的人员热闹一阵子，走东家串西家，讲着外面的新鲜事。九指儿像贵宾一样，被邀请去各家讲授自己的种植经验。

转眼五年过去了。董老大与媳妇围着孙子孙女，呼来唤去，本想安享幸福的晚年，结果，董老大病了。城里城外能找到的医生都看过了，也没救过来。

每年过了正月十五，随着噼里啪啦稀稀落落的鞭炮声远去，外出打工的同乡又该整理行装，呼呼啦啦地出发了。玉米成熟时，外出打工的人又都回来了，从这以后就再也不去外出打工了。

九指儿牵头的农业合作社的营业执照挂在村委会东墙上。村里的年轻人围着拍照，九指儿坐在中间，一辆采访车开进村口。

这年大年三十儿的早上，九指儿早早地起来，穿戴整齐，扛着铁锹，带上供果，拎出个黑色袋子，又拿出准备好的黄纸上坟去了。

他远远地看见自家坟地上星火点点，很好奇。

董家的坟头圆圆的高高的，除了一沓一沓的黄纸，还有一大堆金光闪闪的金元宝，这金元宝比别人家的大一号。一群人在等着九指儿。一根火柴点亮了晨曦。

金元宝燃起的那一刻，九指儿仿佛听到了爹的声音：“好小子，爹娘没白养你一回！”九指儿心里升腾出一团火，一种光宗耀祖的感觉，让他感到很满足。

上坟回来的路上，九指儿扛着铁锹，仰着头走进村口，身后跟着一群人。

彩 票

她自从嫁给他，就整天抱怨命不好，说嫁个打工仔，以后孩子就得喝西北风。

他是个老实人，每每听到她的唠叨就倔强地说："我家祖宗八代既无高官也无贵富，就看你旺不旺夫了。"

开工资了，他眉头紧蹙。想着她每月接过他汗珠子摔在地上换来的钱，小嘴一撇那个瞧不起的劲儿就烦，还说人家在街口摆摊都比他挣得多，还好意思显摆。

刚好，路口一家彩票站门前聚了一堆人，他好奇地挤进去想看个究竟。听到身旁一个老人家独自感叹："这人运气真好，居然中了 50 万！我咋没选这个号呢？"

他一听，顿时精神了，顺手从裤兜里摸出 10 元钱，想赌一把。是买福彩还是体彩呢？他对彩票一无所知。徘徊间一个足球飞过来砸在他的头上，他咧了一下嘴，对，就买足彩！

他学着行家的样子与彩票站老板攀谈起来，可是发现买足彩太麻烦，需要填14场球的比分，他深知自己文化浅薄，哪懂得什么规律。

彩票站老板一看，来个土老帽，心里犯嘀咕就推荐他不如买大乐透省事。他学着别人的样子，将自己和彩霞的出生年月日数字编成七组号码，打了五注。

他从彩票站一出门碰到媳妇迎面走来，赶紧躲了回去。这个秘密一定不能告诉她，万一中了奖，就让她闭嘴。

彩票一期期过去了，他的发财梦一直在做。每月省下来的零花钱他都偷偷用来买了彩票，之后便是悄悄等待。她依旧唠叨着，委屈着。每逢这时候他都假装没听见，摸摸裤兜里等待摇奖的彩票，就自顾自地偷笑。

掐指一算，买彩票有一年了，他从来就没与奖沾过边。她发现他迷上了彩票，连烟都戒了，就提醒他别被骗了。他憨憨地说："要是有天我中了大奖你有啥想法？"她丹凤眼一挑，嘴咧到一边，没好气地说："别做梦了，你也不撒泡尿照照自己，真是异想天开。"他硬硬地说："小瞧人！我万一中了大奖，就捐给国家，反正你也不稀罕那点儿钱。"她狠狠地说："看你那样儿就没那富贵命。"

有天下班，他还没走出厂区，就见彩票站王老板正对着大院隔门张望，在冲着他招手。他一出大门就被王老板拉到墙角，说："你买的彩票带在身上没？"他心头一紧说："啥意思？带着呢！"

彩票站王老板手捧彩票，兴奋得跳起来，“哥们儿你真中大奖了！”

他跟着王老板一路小跑奔向彩票站，这时门口围着一群看热闹的人，他们已听说有人中大奖了。他揉揉眼睛又仔细看着墙上的中奖号码，又看看手中的彩票，每注中奖 1000 万，五注就是五千万，他偷偷地捏了自己几下，很痛。

他求王老板替他保密，就悄悄回家了。不一会儿，媳妇从外面回来了，一进门就反手把门锁上，眉开眼笑。她上下打量着丈夫，抱上去就要亲。他这回牛气地别过脸，媳妇杏眼圆瞪，边贴脸边求他要看看那张能改变她命运的彩票。

这晚他们欣喜得胜过新婚之夜，她躺在丈夫的臂弯里说：“亲爱的，咱这回可有钱了，先在城里买个别墅，再买个豪车，像有钱人一样去周游世界……”

他看了看脸色潮红的她，说：“咱还年轻，应该把这笔钱用到正地方。我想回村里投资修路，带动村里人一起发财致富。山里与山外没有一条像样的路，夏天雨、冬天雪，这泥泞的山路一直是我的心结。”她听着听着呆住了，整个人都软了，她知道她拗不过他。

第二天早上，她不见了，彩票、户口本、身份证都不见了。还没等他回过神儿来，老丈人来了，说女儿回娘家了，不答应条件就不回来了。

他几次去接她，娘家人就是不让见。

眼见领奖时间逼近，也不见她的踪影。他焦急地去找王老板商量，王老板愿意为他做证。他无奈地将她告上法庭，最后她拿出彩票、户口本、身份证，依法分走了一半的奖金，他们离婚了。

带着奖金回老家的他找到村支书，说出了想为村里修公路的想法，村支书感动得潸然泪下，立即报告县政府。

一年后，公路修好了。在公路剪彩的当天，村口停着一排四轮车，车头扎着大红花，他的个体运输公司开业了。

老板娘是谁呢？会是她吗？

一朵荷花叫婉儿

光绪年间，有一王姓公子赴京赶考，行至奉天府城北蒲河岸边一小镇时，天色向晚，公子就找了家客栈安顿下来。

夏夜清凉，身在异乡的王公子顿感空寂无聊，信步街头。

忽听东北方传来袅袅歌声，王公子好奇地望去，见蒲河转弯处有一莲塘被婆娑柳枝环绕，心想，这动听的歌声定会出自美丽女子，便按捺不住内心欲念频生快步，急急奔去。

拨开柳条的瞬间，莲塘内只见荷花却不见人影，王公子以为是幻觉，便长叹一声，拂袖而去。

回到客栈，那莲塘袅袅歌声再起，王公子躺在床榻上辗转反侧。第二天一早再次赶往蒲河岸边，刚走上堤坝，耳边即飘来那袅袅歌声。

循声而去，莲塘边金柳拂风，一老者仰卧在摇椅上，心无旁骛地享受着朝阳。

王公子急切地问："老人家，您可知这歌声是哪位女子在唱？”老人瞧了王公子一眼，嘴角上翘没有应答。

微风拂过，王公子眼前一亮，发现不远处有一朵荷花在动。原来，那朵最大、开得最盛的荷花是一位采莲少女婀娜的身姿。只见她穿着荷叶一样油绿色的罗裙,脸庞红润艳丽如出水的荷花，伫立于莲池中。

见此情景，王公子大为惊叹，揉眼睛的工夫，采莲女却没了踪影。早已被采莲女勾住魂魄的王公子，注视着莲塘，刹那间莲塘所见绿荷红莲均仙女般罗裙颤动，虚幻缥缈。

此时，袅袅歌声再次响起，阳光泻满莲塘，泛起金灿灿波浪。

王公子恍然大悟，原来是采莲女躲在田田荷叶、艳艳荷花之中，虽闻其歌而不见其影，不禁脱口诵出：“荷叶罗裙一色裁，芙蓉向脸两边开。乱入池中看不见，闻歌始觉有人来。”

不知何时岸边的老者已站在王公子身后，开口了：“请问公子，小小年纪何出此言？”

“后生从小喜读诗书，奉家父之命赴京赶考，路过此地。”

“公子，如不嫌弃到寒舍小叙，一杯清茶，以诗会友。”

王公子心中窃喜，说：“恭敬不如从命。”深鞠一躬，“感谢老人家厚待晚辈，那小生叨扰了”。

老者在前引路，王公子紧随其后，谈笑中走下蒲河堤坝，经过一石拱桥，移步一青砖瓦舍。

老者说：“公子可知晓，你来时的路叫大御路，这刚刚走过的桥叫永安桥，是朝廷帝王东巡的必经之路，康熙皇帝第二次经过这里曾经在石拱桥上题诗一首《过永安桥口占》。”

王公子拱手感叹：“有幸，有幸，这就是御路神桥吧？”

老者点头：“是的。”

推开蒲草虚掩着的门栏，只见九曲回廊尽头六角凉亭下，一位少女身着绿色罗裙，面如莲花，手抚古琴轻歌浅唱。

老者含笑不语，王公子呆立侧旁，心里暗暗思忖，莫非刚刚在莲塘歌唱的就是这少女？

“王公子，这是我家小女婉儿。”

王公子称赞说：“生得如此婀娜多姿，宛若仙女下凡，老人家您好有福气啊！”

老者笑着示意落座，说：“王公子不要拘谨，你初来乍到，如不嫌弃请饮清茶一杯。”

一曲终了，老者唤婉儿到跟前见客。

婉儿羞得微微抬头，喏喏地对着王公子鞠了一躬说：“小女婉儿，拜见公子。”

王公子手足无措地赶紧回话：“书生不才，姑娘免礼。”婉儿娇羞得如一朵红莲花。

茶过三道，老者唤婉儿拿来文房四宝，与王公子谈论起诗词歌赋，聊到兴致时，老人家挥毫泼墨，王公子也赋诗一首，婉儿微笑着飘来飘去。

夕阳醉红蒲河，王公子起身告退。

临别时，老者得知王公子三天后离开，相约明晚备薄酒请他小酌。王公子边走边顾视着婉儿，婉儿羞得低头不语。

次日，王公子如约前来，见婉儿一身红罗裙手捧诗书在九曲回廊漫步轻诵，王公子默默跟在其身后，一只蝴蝶围着婉儿飞来飞去，婉儿回身发现王公子便颔首微笑道："公子来得刚好，帮小女解解诗意。"

王公子跟着婉儿去了书房。

三天后，王公子拜谢老人家，与婉儿话别。在九曲回廊处，相约考取功名后，再来莲塘相聚。

王公子一步三回头地走了，婉儿手扶古琴轻歌浅唱："映门淮水绿，留骑主人心。明月随良掾，春潮夜夜深。"

第二年春天，南方大旱，东北也春雨贵如油。小荷刚露尖尖角，就被火辣辣的阳光晒得低眉折腰。婉儿跪拜莲塘边，祈天求雨。

百年不遇的大旱，蝗虫遮天蔽日，庄稼颗粒不收。

婉儿每日到莲塘边瞭望，她担心王公子因旱灾没了盘缠，又担心王公子病倒在赶来的路上，茶不思饭不想。

一日清晨，城外传来一阵喧嚣。说是侍御史正率领人马赶往城里，朝廷赈灾的粮食到了。

太阳西下，门外有人高喊："侍御史大人驾到，速来接驾！"婉儿奔出来一看，身着一身官服的竟是王公子，惊得婉儿一下晕倒在地。王公子忙下轿上前，怜惜地托起婉儿。

王公子就是那北京城派来的侍御史。眼见当地百姓赖以生存的莲塘将干涸，下令增加劳力，清理蒲河流域，深挖荷塘，引水栽荷。

不久，果然喜得清波一泓，蒲河之上水草丛生，荷花茂盛。王公子仰天长叹："天不负卿啊！"

待莲塘开满罗裙红莲时，婉儿成了御史夫人，后来生了一双儿女，莲塘里又飘出采莲女悦耳的歌声。

每逢采莲时节，城北的少女都会成群结队，在无边的荷塘中采莲高歌。随风而动的绿荷，泛着清澈的波浪。

在一片片绿荷红莲丛中，采莲女的绿罗裙已经融入荷叶之中，孰为荷叶，孰为罗裙，人花难辨。

永安桥上，王公子与婉儿琴瑟和鸣 。

淡紫色的记忆

妈妈打来电话，语气沉沉地说："老家隔壁的娟子姨得了急病在省城住院了。"

六岁以前，我一直跟娟子姨特亲，比亲妈还亲。直到有一天娟子姨做了一件让我不能原谅的事，在我幼小的心灵里留下了一个疤，不碰都疼的那种。

想到这，我立刻对着电话说："妈，我最近工作忙到晕头，没时间。"

说是这么说，但我心里仿佛被谁揪得疼了一下。娟子姨比妈妈小五岁，今年刚好五十岁，咋说病就病了呢?

妈妈似乎明白了我的疑惑，说："你不了解你娟子姨，她人很热心，凡事都为别人好，你是不还记恨着二十年前那件事?都怪妈妈没早些告诉你，当时那都是为你好。"

不提还好，一提那事我的心就隐隐作痛。我下意识地抬起右胳膊肘，一条若隐若现的淡紫色疤，不管我看不看得见，它都印在那里。因为这疤，我曾被人嘲笑，夏天不敢穿短袖连衣裙。

我清楚地记得，六岁那年夏天，在我家大门前发生的一切。都说往事如烟，但这股烟却随着岁月的流逝，一直袅袅地升腾着。

那时，娟子姨刚来小镇工作，袅袅婷婷地带走一干目光。她结婚不久，家里还没有小宝宝，很喜欢扎着牛角辫子的我。总说要认我做干女儿，妈妈只笑不吐口。尽管我那时不知道干女儿的意思，但从邻居们羡慕的眼神里能看出娟子姨对我有多喜欢。

娟子姨住在我家西院，姨夫是军人，常年在外地，娟子姨每天下班都先到我家，抱起我一阵亲，然后拿出小孩儿喜欢吃的零食，从糖块儿到小食品花样翻新，渐渐地我很期待娟子姨来我家。

从我记事那天起，娟子姨就不断给我送这送那，偶尔娟子姨空手来了，我会围着她转，娟子姨似乎会变戏法，每次都给我惊喜。时间久了，我见人就期待礼物，没有礼物就会生气嘟着小嘴儿抹泪，后来不开心就哭闹。每每都是娟子姨出面，拉着我去商店。我摆出胜利者姿态，拎着糖果袋子，蹦蹦跳跳地跑回家。娟子姨是我心中的“活菩萨”。

一天下班时间，我家门口老槐树下聚了一群人闲聊，只见娟子姨身穿一件淡紫色的碎花裙子，很扎眼，手提一大包虾条糖果什么的出现了。我最喜欢娟子姨这条淡紫色的裙子了，就风一样飞到娟子姨身旁，说长大也要穿这淡紫色的裙子，像娟子姨一样。好话说了一堆，娟子姨没有理我，直接把一袋袋虾条分给了别人。我哪里受过这样的委屈？生气地跑回自家院子，由于跑得急，不小心被大门槛绊倒了。我“妈呀”一声，胳膊针扎一样疼，趴在地上哭起来。

就听妈妈说：“让你馋嘴，要记住，别人的东西不能随便要。”妈妈不但不哄我，扭头接着嘻嘻哈哈聊天去了，

我不明白了，娟子姨咋成了别人呢？明明是她买给我的东西，莫名地被别人分了，我咋也想不通，哭得更厉害了。

直到晚上妈妈都不理我。我一直躲在小屋里掉泪，娟子姨拿着两瓶药水来了，拉过我的右胳膊轻轻上了些碘酒消毒，又把药水涂在磕破的伤口上。临走了还说：“以后自己走路要注意，一定要看好脚下。”我咬着牙忍痛点点头。

这伤口很深，一直在痛，娟子姨常来给我涂药，害得我好多天躺在床上睡不着，妈妈的话、娟子姨的表情总在耳边和眼前回荡。我抱着右胳膊肘发誓，以后再也不要别人的东西。伤口总算愈合了，却留下一条淡淡的紫色疤痕，我更加记恨娟子姨，认为是娟子姨故意害我留个疤，之后再看见娟子姨扭头就走。

我八岁生日那天的晚上，刚好是小学一年级开学的第一天，妈妈说要庆祝一下，娟子姨也来了，手里拎个超大的袋子，进大门就喊我小公主，说是特意买给我的生日礼物，我正在整理书包，听到娟子姨的声音，刚刚的好心情无影无踪。我眼神儿都没动一下，看也不看娟子姨就扭头走开了。妈妈追上来拉住我，骂我小没良心的，说娟子姨送我条淡紫色的连衣裙，祝贺我当了小学生。

我说：“我不要别人的礼物。”娟子姨苦笑一下，放下东西，

似乎有些伤心地走了。再看娟子姨身上那件淡紫色连衣裙，咋看咋丑。后来，娟子姨随军去了姨夫所在的部队，直到多年后才回来。

从此，不管谁送给我礼物，我的眼前就会出现当年的景象，仿佛那淡紫色伤疤被揭开又抹了一把盐一样。

大学毕业后，我去了镇上一所重点中学工作。小镇的七大姑八大姨通过妈妈找上门请求帮忙，我告诉妈妈我的处事原则：该咋办就咋办，不要出难题。三十五岁那年，我当了学校副校长，学生家长提着大包小包的东西，甚至是一沓一沓的金钱来找我，我像怕中毒似的躲得远远的。有人说，这女人傻，有病，怕钱咬手。

妈妈又打来电话，提到娟子姨时，妈妈叹了口气，说："早想告诉你，娟子姨当年那么对你，是我和她商量的，为的就是……"我听了恍然大悟。

我每每看到电视里有人陷入受贿泥潭时，自己那结了疤的伤口就不那么痛了，那淡紫色的疤也不那么扎眼了。

一天我去商场，想买条淡紫色印花连衣裙，清雅别致的连衣裙出现在眼前。我找回了夏天美丽的心情，这淡紫色成了我的幸运色。

周末晚上，我给妈妈打电话，告诉她我明天回小镇，去看娟子姨。

第二天早上，我穿上那件淡紫色的连衣裙驾车行驶在回小镇的路上。

珍珠湖夜曲

关朗的脚仿佛被人用一根绳牵扯着，走出餐厅，来到宾馆的旋转门外。

走进夏夜的朗儿，婀娜的背影，如月亮女神镶嵌在温婉的月色下。

醉眼迷离的朗儿，望着天空那圆月，心情被一片云撩拨得忽明忽暗。肩头被柔风摩挲着，朗儿潮水般的心绪飘出体外，飘到月色里。

“谁？”朗儿惊恐地惊叫一声，扭过头，见是外教凯伦站在她的身后，正张着双臂一脸惬意。朗儿不由得一蹲，凯伦双手微微僵持在空中。

凯伦放下手，眯眼摇头。夜色里的朗儿如珍珠湖里盛开的那株荷，凯伦的魂已浮在荷塘上。

“没事吧，小心摔着。”

“出来透透气。还说呢，都怪你，数你敬的酒最大。”

朗儿的话语，合着从餐厅飘出的音乐，婉转动听。

凯伦与朗儿是半年前在公司总部相识的，朗儿刚刚受聘到公司任部门经理，凯伦是培训师。朗儿称凯伦为老师，声音里充满敬意，谁知这声音会掉到凯伦的心里。

朗儿是个中规中矩的女孩儿，凯伦的出现，让她的心泛起波澜，仿佛回到大学时代，那个可以包容青春的地方。朗儿听同事说，凯伦在国外有个漂亮的未婚妻叫叶丽雅，手机屏保有她的靓照。半年的相处，朗儿收敛着心底泛起的浪花，提示自己要保持与凯伦的距离。

凯伦用他那双忧郁的蓝眼睛深情地凝视着朗儿，“你见过珍珠湖的月色吗？今晚的珍珠湖月色一定很迷人。”凯伦舌头有些僵硬，从未有过的神情出卖了他。

忽闪着大眼睛的朗儿，率真而不失智慧，“见过啊，咱家乡蒲河月亮如玉盘。”

“走，还是回餐厅喝酒去。”朗儿一转身丢下凯伦，飘飘然地走了。

酒会散时，朗儿逃也似的回到房间。关上门，“嗖”地甩掉踩高跷一样的鞋子，脱去刚刚翩翩起舞时穿的水绿色连衣裙，光着脚走进淋浴间，任喷水从头顶浇下来，身体内散发着酒的浊气，她恣意地冲洗着。

要不是凯伦一次次举杯，朗儿绝不会喝这么多酒。她越说自己不会喝酒他越是举杯相邀。说来也怪，她平时只能喝两杯，今天一杯接一杯地不知喝了多少，晕乎乎地飘飘然。

冲完澡，朗儿整个人清爽了许多，心里泛起的浪花平复下来。

白色浴巾裹着的朗儿，瀑布般的长发摇曳在脑后。她换上酒红色睡衣，将自己绵软的身体轻轻放在大床上。床单被褥白白软软的，朗儿感觉飘在云朵里。

手机不安分地闪着，朗儿点开微信，是凯伦。

“在吗？干吗呢？”

朗儿晕乎乎地仿佛漂进大海，整个人被浪花包裹着，漂得没了方向。

有敲门声，很轻。朗儿拿着手机在门前徘徊，踮起脚尖细听，她知道门外一定是住在隔壁的凯伦，敲门声若隐若现。朗儿赶紧穿上水绿色连衣裙，又扎好散乱的头发，走到门口。

凯伦立在门外，摊开双手说：“我那电视机罢工了，一场精彩的球赛错过了,服务员说明天早上才有人过来修,太遗憾了。”

朗儿听凯伦这样说，便笑了，一指房间的电视机，“我也不想你遗憾，进来一起看吧。”

遥控器在凯伦的手里失灵了，怎么也找不到球赛，凯伦自言自语：“怎么这么一会儿就没了呢？看来今天与球赛无缘了。”

“夜色这么美，不如去赏珍珠湖的月？”

朗儿嘴角上翘了一下没接话，凯伦手里的遥控器不停地翻转着，电视屏幕忽来闪去，空气有些凝固。

凯伦见朗儿没有回应，抬手挠挠头发，起身走向门口，手钩着门拉手说：“不早了……休息吧……只是很遗憾，错过了珍珠湖迷人的月色。”

门“吧嗒”一声关上了。

朗儿手捂胸口，刚想坐下，门随后又被敲响了，还是那么轻。迟疑了一下，朗儿的手搭在门扶手上……

门开了，凯伦欲言又止。

“凯伦，珍珠湖月色很美，还是留待和你的叶丽雅共赏吧，祝福你们。”

朗儿合上了房门。

一会儿，朗儿的手机进来了一条微信：“听我解释一下好吗？你误会我了，叶丽雅此刻应该在祝福我们，如果她还活着的话。”

凯伦发来一张刻着英文的墓碑照片，墓碑上写着叶丽雅的名字，碑前摆着鲜花。

朗儿的眼睛一下子湿润了，她拉开了房门走了出去。

咖啡与茶

每次经过街心广场，我都会不自觉地望一眼临街的一角，想起守着一杯抹茶咖啡，为那种特别的香气所陶醉的时光。

我与他相识在这家咖啡厅。如今咖啡厅不在了。我也离开了这座城市。

第一次来这里喝咖啡，是为了庆祝我的诗歌发表，也是我们第一次见面，之前都是通过微信群交流。

不喜咖啡的我，因为他的蛊惑才来的咖啡厅。他说自己出生在国内，却对咖啡这么钟情，他天生一头卷发，我怀疑他的血统出了问题。

热爱中国古典文学，喜欢穿旗袍品茶的我，被咖啡的香气所吸引，抿了一口，不禁赞叹，活色生香。这不是我记忆里咖啡的味道。

他点的这款咖啡叫抹茶咖啡，很适合我。他一脸享受，会意地笑着，以证明自己选对了地方。

我喝一小口咖啡，看一眼对面的他，而他正在看窗外的风景。

他发现我在注意他，歉意地收回目光，伤感地说："北方的冬天让我想起南飞的鸟。"

我的诗歌作品研讨会成功召开，他为我庆祝，我们喝高了。他拉我到咖啡厅醒酒，还是坐在临窗的位置。我胃里翻江倒海，控诉着酒的罪过。他心里波涛起伏，坐在我的身边。一口咖啡激出我胃里的食物，他被喷个正着。他叫来服务生，要了一杯热水，让我缓缓地喝下，待我稍平静下来，我们才悄悄地离开。

他先送我回家，他自己再回家，忙乱中他把皮夹落在咖啡厅却全然不知。三天不喝咖啡就没精神的他，再来咖啡厅时，服务生询问他是否有东西忘在这里，他大脑一片空白，摇头说没有。

服务生拿出一个黑色皮夹，他才如梦初醒，谎称不想要了。服务生让他看看里面的东西是否有丢失，他知道那是他用来做样子的道具，里边只有几页无关紧要的稿纸，他忙拱手道谢。

这些都是后来他讲给我听的，笑得我前仰后合。这是我在他面前出的丑，想起来就感觉丢人。酒有时是好东西，可以交朋会友，有时也是坏东西，让人想入非非，断片丢人。我暗自发誓，下不为例。

相识久了，我与他经常来喝咖啡，也偶尔去品茶。

其实，品茶原本是我的喜好。西湖龙井，台湾冻顶，云南普洱，安溪铁观音，没有我不喜欢的，重要的是我还通晓每种茶的功效和冲泡方法。对于他，这些是全新的世界。

我说："咖啡的香气过于浓重，浓重得让我感到很刺激。不像茶有淡淡的香与回甘。"

他说，茶的清淡不能让他保持一种振奋的状态，红茶的味道偶尔享用还好。

我俩坐在咖啡厅里聊茶，坐在茶楼里聊咖啡。浓郁的咖啡和清淡的茶缥缥缈缈，缱绻着我俩在一起的时光。

我骨子里有一缕茶香淡淡地飘着。一个人的时候，我手捧一本书，案头一杯茶。

我与茶的缘分，缘于一杯铁观音。我向他讲述着我与茶的缘分。

我刚走上工作岗位时，青涩、单纯又腼腆。我的上司，一位成熟干练的中年男子，交给我的第一个工作就是去街上找正宗的安溪铁观音。

在一座飘着仙气的茶楼里，我找到了铁观音。茶女打开一泡品尝茶，给我品赏，翠绿色的茶成球状，一股清香瞬间征服了我，一杯铁观音让我认识了茶。

我的上司痴迷于茶，有朋友送来新茶，就会找我一起品尝。起初我不懂茶，上司便细细地讲给我听，讲铁观音的传说，讲茶的制作流程，讲自己与茶的故事。我静静地听，微微地笑。上司说我就像这茶，清淡、幽香。我听了，脸上飞起一片红云。渐渐地，我也喜欢上了喝茶。

后来上司调走了，我成了这家茶楼的常客，真是一入茶道深似海，我醉在此了。茶的味道已留在我的生命里。闲暇时，我冲上一杯茶，看茶叶在水中慢慢舒展，看茶汤慢慢变绿，然后细细品尝，体味它的香甜。一叶一盏，清澈的水，让我静下来，去品味心中那未开的莲。

他听完了我与茶的往事，说了他与咖啡也有好多故事："你现在坐的椅子上坐过女画家、作家、生意场上的哥们儿，这里的每一杯咖啡都有一段故事。"

他喝了口咖啡，又说："我正在构思一本关于咖啡厅里的人、事、物的书。"

我大有兴致，给他的书起个名字叫《咖啡里》。可没有等到他的新书出版我就去了南方——那个产铁观音的地方，在那里开了一家《在这里》茶楼，每天一杯清茶在手，做个读书人。

听他说，那家街角的咖啡厅已不在了。他又选了一家咖啡厅，继续着咖啡的故事。还说，等他的《咖啡里》出版，邀请我回来开新书发布会，因为我也在这咖啡里。

三年之约

穿衣镜前，她左转转右转转，拂去岁月的尘埃，镜子中的她仿佛从林徽因的画册里走来。她接到邀请，请她去参加一个聚会，她要惊艳出场。

一路绿灯，她按下车窗玻璃，路边的鸟鸣如歌。

酒店大门前，车停处，车门被一男礼宾拉开，她手拎白色包包，一袭白底蓝花旗袍，微施粉泽，玉簪螺髻，如一只名贵的青花瓷瓶般入画，款款迈入酒店大厅。

有人先她而来，拍照的、寒暄的、呆坐的，神态各异，她杏眼明仁，环视着眼前的一切。

一个清新俊逸的背影，挡住她的视线。

她的心不由自主地一颤，如一只惊恐的鸟儿，这是她与他约定三年后相见的第一次近距离遇见。

他与她恋爱五年，一起玩儿了五年；她有喜欢的职业，并做得风风火火；他很文艺，喜欢拉提琴与主持节目，但只是喜欢而已；他们住楼上楼下，她提醒无所事事混日子的他，梦想不能顶饭吃，我们分手吧；他放不下她，发誓三年后给她一个全新的自己。

她想起那次在地铁换乘站等车，那时他们刚刚分开，隔着防护玻璃，她看见他身穿黑色长风衣，很文艺的刘海远远地跳出来。看他这副轻浮的样子，她的心沉沉的。地铁挟着一阵风开进站台。等地铁过去了，对面已没了他的影子，她长嘘一丝柔气。

眼前的他，比三年前更加干练沉稳，年轻，打扮也有些改变。一身藏蓝色燕尾服，头发刚刚打理过。是他？一定是他！这背影太熟悉了。

她的内心有一种莫名的呼唤，期待他转过身来，更期待他发现她。他似乎听见了她的呼唤，突然转过身来，与她炙热的双眼对视。

“女士，您好，您的青花旗袍真美！”

一张干净、年轻、俊朗的脸，迎着她的目光，她无法收回失态的神情。

她平静了一下思绪，说：“先生，您像极了我的一位旧友，您长得与他年轻时几乎一模一样。”

“是吗？女士，我真为您的那位旧友感到高兴，您的旧友一定知道您在想念他。”

宴会马上开始了，他斯文地挥挥手走向舞台，他的背影，让她久久不能平静。原来，他是今晚的主持。

她找个正对着舞台的位置坐下来，目不转睛地盯着他，他的一举一动都无可挑剔，她多么希望他就是三年后的他，可惜他不是。

整个宴会，她都端庄地坐在舞台下，如展会上的一只青花瓷瓶，期待着有缘人。她没吃一口东西没饮一口酒，脸上挂着浅浅的笑容。

三年前，他们约定分开，他发誓三年后给她一个全新的自己，后天就是期限，看来他没有完成。

舞会将晚宴推向高潮，一对对男女环绕着滑进舞池，她紧绷的神经渐渐舒展，眸含秋水般温柔着一切。

“女士，能请您跳一支舞吗？”

熟悉又不熟悉的男中音回荡在耳边，黑亮亮的鞋子走进她的视线，她不敢直视又躲不开，怕看见那张干净年轻俊朗的脸，还有刚刚打理过的头发。

她礼貌地接受了他的邀请，慢四步快三步伦巴探戈。她手如柔荑，肤如凝脂，如一只刚刚出炉的青花瓷瓶，被懂的人捧在手上。

曾经的他也是这样的年轻，这样地揽着她翩翩起舞，一切恍如初见。

舞曲在继续，他们坐下来，他说：“您可能想不到，您的那位旧友此时正在看现场直播，他是我老师，也是我们文工团团长，我就是他为您量身打造的。”

她举着酒杯的手僵在空中，说：“真的？他成功了，不仅改变了自己，还有了自己的事业？”

“当然，我们还参加过国际演出呢。”

“既然如此，他为什么不来到现场见我呀？”

“我们团长说，后天是你们三年之约的最后一天，他会在明天，把一个全新的他交给您。”

他将斟满酒的高脚杯举起，一口喝下。她也举起酒杯，杯口贴着唇边，酒杯也空了。

一个激灵，她醒了。

她醉蒙蒙睁开眼，头还有些晕，她挣扎着坐起来，发现自己在家里卧室的软床上，想起昨晚打车回来时，是他的学生送她到电梯口，然后礼貌地离开。

揉揉眼睛，她发现露台上站着一个熟悉的背影，头发泛着光亮。阳光漫入客厅，是他？她跳下床，扑进他的怀抱，他揽她入怀。

她说：“亲爱的，祝贺你成功，也祝贺我们成功，昨晚你们乐团的演出太成功了。”“亲爱的，谢谢你，没有你的三年之约也就没有我的今天。”

博古架上有对青花瓷瓶，如往日一样泛着光。

天涯海角

临行前，她被安娜放了鸽子。本来说好一起去三亚玩的，结果安娜临时出了状况，她只好一人前往。

这次旅行很蹊跷，之前是在外地工作的丈夫说好回家过年，突然又说有紧急任务回不来了。她正郁闷时，好朋友安娜说正想去三亚，就一拍即合，准备出发。

安娜说："三亚那边有朋友接站，我这边事情处理完就飞过去与你会合。"

飞机落在凤凰机场，接站人却没有踪影。她正举着电话同安娜发火时，一个让她意想不到的人出现了，是两年未见面的丈夫。

他俩结婚七年，可是在一起的日子还不到一千天。他是铁路工程师，每年有大半年时间在南方，哪有工程去哪儿。

她在北方，不知躲过多少暧昧的诱惑。她与他一次次的约定，又一次次地取消。她有些受不了了，决定跟他分手，让他与他的铁路过日子吧。

安娜是她的同学也是同事，又同住楼上楼下，两家交往密切，时常小聚。安娜的朋友圈里一直晒着去三亚拍的照片，取景站位表情，都拿捏得恰到好处。安娜的丈夫是专业摄影师，两人感情很好，这让她心生嫉妒。安娜发现了她这种坏情绪，就跟摄影师老公商量，想两家一起去三亚度假。

想不到他从天而降，她嘴上说安娜不够朋友，心里却有些窃喜。这里是她和他相识的地方。

记忆里的白沙细浪，高高的椰子树，甜到心里的香芒，写着天涯海角的巨石，带她回到大学时期。

那年她在厦大读书，寒假独自去三亚，沙滩漫步时遇见背着照相器材的他。她在写着天涯海角的石头旁，不知不觉地走进了他的镜头。说来也巧，第二天他们在南山又遇见了，他风趣地说："不如我们结伴游吧，我可以当向导兼摄影师。"她没有拒绝。

他们在写满海誓山盟的浪漫之岛相恋了，毕业后，他成了她的丈夫。之前时常相携出游，可近三年，他工作繁忙很少回家休假，聚少离多。交流少了，感情有些枯萎了。她感觉他变了，想到分手。

窗外细雨蒙蒙，窗内柔情似水。大年三十儿的午夜，亚龙湾宾馆里，她甜蜜地依偎在他怀里："老公，都说江南出美女，是吗？""啥江南江北的，谁也没有宝贝你美。"

"别当面说好话，你一个电话，说有紧急工程，就把我放鸽子了，把我一个人丢在北方，自己在外面潇洒。"

一阵惊涛拍岸，潮起潮落。她被他揽在怀里，解释自己工作的特殊与紧迫，实在无法分身。

"亲爱的，这次我都给你补回来。"

"人家安娜老公是摄影师，拍的照片美极了，你看看安娜的朋友圈吧。"

"你老公的摄影在铁路局获过奖，明天给你拍一组超级明星照，保你胜过安娜。"

宾馆离海边很近，她们手牵手走近白沙细浪，脚下那浪花从她心中翻过，浮现出往日芳华。她在寻找安娜留在椰子树下的笑，她要在安娜拍过的地方，一个个留影，她不信自己的颜值比不过安娜。

"老公，我要拍这天涯海角，这是见证我们爱情的地方。"

他耐心地给她摆位，逗她嬉笑。她偶尔拿出手机自拍，随时与朋友互动。她知道，有双眼睛一定追她而来，从安娜开车送她去机场的路上，就开始了。

她开心，丈夫也跟着开心。回到酒店，她甩掉拖鞋直奔浴室，哼唱着冲凉，心情出奇地畅快。

他拿出笔记本电脑，想整理相机里的照片。一个叫风的朋友在呼他："亲，去天涯海角没？发几张照片给我瞧瞧。"

他起身看看浴室门，里面还在唱歌，就赶紧回电脑旁，把她在天涯海角的风景照发一张给风。风抛出一个红红的小脸，眼睛瞪得圆圆的。

浴室门"咣当"一声开了，他手一抖，立马收线了。

"老公，快去洗洗。"

他顾不上脱衣服，拿着手机冲进浴室。

她的歌声仍在耳边飘着，他悬着的心才放下，冲冲凉就赶紧出来了。

他的手机里有消息提醒。她感觉奇怪，正想询问他大半夜跟谁聊天。他一个熊抱，把手机丢在一边。

"你给我发消息是啥意思？"

她在盘问他。

"啥呀？"他晕头。

"你自己看看吧。"

打开微信，他发现没有了与风的聊天记录，又着腰理直气壮起来。

她斜眼看他："你看看你刚刚发给我的是啥？"

他滑手机的手在抖，赶紧自圆其说。

刚刚给你选照片，想夸夸老婆有多美，结果刚写个草稿，你喊我时手一抖就发出去了。

"看我发现你撒谎怎么收拾你。"

他把手机递给她，请老婆大人过目。她看到有个叫“风”的一直在呼叫。她没惊动他，把手机丢在一边，心里在想这个风是谁。

天蒙蒙亮，他们就去看日出了。

安娜一直在微信里问她：“玩儿得可好？”

“很嗨，晒太阳、潜水，没想到比蜜月还蜜月。不怕你嫉妒，在南山不老松下，他发誓永不变心。”

安娜过了好一会儿才回她：“我早就说了，你老公对你真好。”

她发现，他给“风”发了个大大的红包，风才发个红脸收线了。这个“风”一定有问题，说不定是个女人。她没有惊动丈夫，决定提前结束度假，回家审问他。

三天后，他拥着她携一朵白云登上了返回北方的飞机。

安娜准时在机场等候，一路上有说有笑。还说晚上给她们接风。

她说：“吃饭不急，我刚好有事找你。”

他放下行李箱，说：“你们先聊会儿，我下楼去趟超市。”

她“咣当”一声关上门，将安娜拦在门厅。

安娜一脸诡异：“有啥要紧事呀，这么严肃，你们不是玩儿得很好吗？咋了，吵架了？”

“ 安娜，别演戏了。原来你就是那个‘风’，我早就发现你俩的眼神儿不对，只是不相信你会这样。以前咱们是姐妹，以后不是了，滚你的天涯海角去吧。”

安娜白皙的脸蛋逐渐变得姜黄，最后哈哈笑开了。

“傻瓜，‘风’是我家的摄影师！”

他刚走出楼梯口，就预感要发生什么，赶紧按门铃，一声两声没人接。他翻出钥匙，一步三磴楼梯爬上楼，打开家门，怔了一下，笑了。

晚上，安娜亲自下厨做了一桌子东北菜，为他们接风。

酒杯碰在一起时，四个人同时笑了，约好明年一起去天涯海角度假。

桃花正艳

望着窗外万家灯火，她心中莫名地空寂，再也感受不到那个叫作幸福的词儿了。

像是两颗自带光芒的星星，她跟他，一个在城里，一个在小镇，遥遥相对。

让她想不明白的是，他变得让她不认识了。

那年夏天是他拥着她，拿着一把钥匙，当把钥匙插进锁孔的瞬间，门开了，她醉在他的怀里。心里说，这辈子就是你了。

她是画家，家也是工作室，每天只要听到楼道里响起他的脚步声，她就心跳加快，赶忙躲起来，与他满屋子捉迷藏。

这是她期待好久好久才得到的幸福啊！如她画案上那株桃花，羞答答地含苞欲放。

新婚那天，是他把她抱出娘家，抱上婚车，穿上红皮鞋。她两手紧紧勾着他的脖子，听着他的心跳。一路上依偎着他，小手被他紧紧地握着。

夜色阑珊，红烛高照。她忐忑地坐在梳妆台前，双手抱着肩头，被酒精点燃的他欲火正旺，她乖乖地成了他的怀中鸟。她身体里有种东西在狂跳。他满脸绯红，激动地说：“别怕，这辈子有我陪你。”

幸福的日子持续到结婚十周年那天。说好一起庆祝的，但饭菜热了凉，凉了热，她安顿好女儿睡觉，靠在沙发上发呆。

门开了，她没有听到熟悉的脚步声。他摇摇晃晃走进门，满身酒气，迷迷糊糊中说：“一群骗子一群骗子……”

他因商场困境，无端发着脾气。她多次在梦里拼凑着幸福的回忆，但不和谐的音符却随着他跳进家门。那“幸福”的词被冲得七零八落。

他开始不醉成烂泥不回家了，胡话连篇。说她是克夫相，自己这辈子废在她手上了。

多少个夜晚，她都忍受着一个女人的尊严被剥到裸体。等他酒醒了，会向她一次次道歉。

她赌气不再理他，任他发毒誓。手里握着他的银行卡，去高档商场，挑名贵的包包统统收下。划卡那瞬间，她莫名地畅快。每次背起高档包包被人羡慕时，她的笑容里隐隐含着凄苦。

随着他俩冲突的升级，她的出手也更阔气，她以此慰藉自己。

他给她的幸福如一抹流星。她成了夜晚里守候夜空的星斗。

直到有一天，她吵累了不想再吵了，再美的包包也提不起她的兴致了。

女儿住校去了，他们开始分居，只有女儿回家，他们才上演着恩爱。日子熬到女儿上大学，他们的约定也到了。

一个周五的下午，他俩去了民政局。

她将手续递进窗口。工作人员问："怎么没有结婚证书？"

"丢了。"

"没有结婚证书，要先补办结婚手续，然后才能办离婚。"

他急了："户口本可以证明啊。"

"结婚证必须补办。"

真是个笑话！他们宁可回去再找。

他们一前一后走出民政局，她拿出当年那把钥匙，声音低沉地说："我想回小镇的家看看……"

他怔了一下，打开后车门。她坐进了他的车，一路无语。

车到小镇已是黄昏，一块铅云飘在头顶。邻居热情地招呼着，他挤出一丝笑容点点头。

她"噔噔噔"爬上三楼，拿出钥匙打开防盗门，换上拖鞋，穿过客厅，直奔南阳台。

这里曾是她的画室，当年的笔墨纸砚都在静静地等着她，一切如初。这是他亲自为她设计的画室，她每天都会在这里边画画边期待着熟悉的脚步声。

坐在沙发上的他，发现茶几上的紫砂壶满是灰尘，他想起当年的她手捧着把紫砂壶把玩的样子，说："这一把壶就能泡一种茶，这养壶就是养福。”他当时答应过她，要一起养好这把紫砂壶的。

窗外那朵云，在慢慢舒展，如一滴墨的等待。

他把紫砂壶里里外外清洗干净，泡了一壶普洱。她默默地接过他递过来的茶杯。他回到茶几旁自斟自饮。

这晚他俩没走。

第二天一早，他送她回城里，路上没再提起去民政局的事。

女儿暑假前，他来了。他内心翻腾着，不知用哪个手敲门好。

门开处，一身麻布衣服、长发飘飘的她出现在门口。他的目光瞬间包裹住她。她恬静地笑着，慈祥清雅如一尊菩萨。

他杵在门口，惊呆了，这还是她吗?

她转身走进书房，画案上一株桃花正艳。

赢　家

四年一届的世界杯决赛前，球迷老耿满脑子想的都是球，跟在甲 A 踢球的儿子打赌谁赢。

老耿在文体局工作三十多年，当球星是老耿年少时的梦想。儿子是老耿一个动作一个站位悉心调教出来的，常有人说，儿子遗传了老耿的基因，老耿窃喜。

老耿与儿子的交流除了球还是球，只要有球赛，开赛前就要与儿子打赌，享受着赌球的过程。

老耿刚进办公室，手机响了，是儿子。

“儿子，今天这场球你赌谁赢？”

“老爸，我明天就回家，陪您一起看决赛。”

老耿纳闷，儿子这时应该在集中训练啊！

“儿子，你别哄老爸开心，有啥事吧？”

“老爸，没有，就是赶巧有空闲，您别疑神疑鬼的。”

知子莫如父。老耿感觉不对劲儿，又拨通儿媳的电话。

原来，儿子脚踝旧伤复发长了个瘤，医生说手术风险很大，弄不好可能会截肢。

老耿的心口顿时堵上了。赶紧与儿媳商量，这事要瞒着老伴儿，老伴儿最疼儿子，心脏又不好，可别添乱。

熬过了难耐的八个小时，晚高峰的人流裹挟着老耿迷迷糊糊地奔向地铁站。下了地铁通道，只看到一条条腿下连着一只只脚，仿佛都是儿子的脚，这脚有频率地抬起放下，起初是稀稀落落的，后来聚到一起，一会儿又起起落落排成长龙。迷迷糊糊中，老耿跟着这脚出了地铁站。路灯昏昏欲睡，只有远方的红绿灯在交替闪烁。

老耿的脚像没了根，歪歪扭扭地在人行道上走着。

推开家门，看到老伴儿坐在餐桌旁，老耿没有一点儿胃口。

草草吃过饭，老耿躲进书房，翻开手机，刚好儿子在线。

“老爸，我这次回家主要是想陪您看球，顺便做个小手术，医生说没大事，您别紧张。”

“哈哈，老爸啥没经历过？不就是一个瘤吗？有老爸在不要怕。”

“哈哈，老爸您别小瞧人。别看我做手术，赌球照样赢。”

“儿子，这话你可说早了，这次老爸一定赢。”

这晚，老耿的心口堵了一夜。

儿媳回来后儿子直接住进了医院。

手术当天，老耿答应儿子不去医院，结果还是没忍住。

老耿推门走进病房，儿子正与朋友边聊天边看世界杯。

“老爸，您咋来了？”

老耿嘿嘿一笑，“我是想咱爷俩一块儿看世界杯，现场赌把球。”

“好，老爸，那咱就面对面赌一把！”

看着病床上的儿子，老耿感觉平时对儿子总绷着脸有些过分，倒是儿子一脸宽容，不管自己脾气有多臭，都一笑了之。

病房里弥漫着球场上的火药味儿。老耿正与儿子津津有味地看比赛，护士推着担架车进来了。

儿子冲着老耿做个鬼脸，写个纸条丢给老耿，然后一骨碌上了担架车。

“老爸，您先看着球，我一会儿就回来，纸条上写着我看好的球队，您不能偷看，这场球我保证赢。”

老耿拍拍儿子，目送着担架车远去。

老耿眼睛看着电视，心却飞到了手术室，推算麻醉的时间，医生该动刀了吧，他感觉自己的脚踝在痛。

眼前浮现出儿子憨憨的笑脸，先捧着奖状回来，后来捧着大学毕业证回来，再后来捧着奖杯领着儿媳回来了。

一阵欢呼声，球赛结束了，老耿还没有等来儿子的消息。比赛结果真是儿子赌赢了。

三个小时过去了，儿子还在手术室，老耿坐不住了，腿弱弱地站起来，脚印一层一层地叠着。嘴里竟念出“阿弥陀佛”。

手机响了，是儿媳。

“老爸，手术做完了，很顺利。”

老耿一拳砸向空中，腿脚立马有了力气，冲出病房，跟着一只只起起落落的脚上了电梯。挤进去才发现，坐反了。

夜深时，儿子满身管子，还在麻醉中被推进了监护室。老耿隔着被子轻轻抚摸儿子的脚，说了句：“加油！”

第二天，老耿把儿子推回病房，一脸精神地说：“儿子，你赢了！”

两天后，病理结果出来了，医生说没事儿，但老耿仍放心不下，趁儿子午睡，悄悄揭开被子去摸儿子的小腿，儿子微闭的眼角有泪流出，老耿的眼眶也湿润了。老耿的手被儿子抓住了。

原来，儿子是老耿在体校当教练时收养的孤儿。老伴儿不生育，老耿就与老伴儿商量，收养了这个能传承自己梦想的孩子，没想到竟会相处得血浓于水。

一周后，儿子出院了。

老耿赌赢了决赛的一场球，儿子也赌赢了，父子俩看好了同一个球队。

祝你生日快乐

车间要安装一台大型机床，厂房需扩建，工间休息室临时挪到车间南墙外的一块儿空地上。

阿成端着饭盒走了过来。

休息室是用彩钢板临时搭建的。夏天太阳当头时，休息室被晒成了大蒸笼，进去一会儿就喘不上气来。休息室对面的大树下，成了工友们纳凉聊天、吃午饭的地方。

休息室不远处，有一根废弃多年的大烟囱，七八十米高，是阿成的太爷爷那个年代砌的。大烟囱上时不时有筑巢的麻雀飞进飞出，偶尔也落下些石灰块儿碎砖头。

车间安全员阿兰，多次建议拆了这个大烟囱。可厂领导说这大烟囱不仅是固定资产，还是文物，在市文物局有记载，不能随便拆，上面有关部门正在考虑申报工业文化遗产。

三伏天的脸，说变就变。雷鸣电闪后瓢泼大雨而至，可到午饭时却停了，火辣辣的太阳又落在了休息室的彩钢板上，呼啦啦地热风也赶来凑趣儿。

阿兰端着饭盒走到大树下，阿成正在给几个工友发鸡蛋，见阿兰走过来，立马把一个鸡蛋递给阿兰，贴着阿兰的耳朵说：“兰子，哥今儿个过生日，给哥个笑脸。”

阿兰接过鸡蛋，说：“你这个生日是三十几呀？”

阿成朝阿兰脸上吐出一缕烟，“真不关心哥，我属龙，三十六，不就比你大两岁吗？今天是哥的本命年生日，怎么样，给哥唱个生日歌呗？让哥高兴高兴。”

“瞧你那熊样，给你唱个歌，还给你跳个舞呢！”

阿成顽皮一笑，“那太好了，跳一个呗。”他扔下烟头，用手来拉阿兰。阿兰一转身，躲开了阿成，往休息室走去。

阿成在身后怪声怪气地喊：“兰子，别走哇，棚子里边那么热，就在哥身边吃呗，哥想听你唱歌。”

阿兰一扭头，“外面刮这么大的风，灰尘都吃肚里去了。”

休息室里，阿兰将鸡蛋放在桌子上，打开饭盒刚要吃，就听到外面传来一阵嘈杂的喊叫声，阿成在外面大声喊着：“兰子，快出来！”

阿兰装作没听见。

阿成忽地闯了进来，一把拉起阿兰，张开双臂搂住阿兰就往外走，阿兰一边挣脱一边喊：“别闹，讨厌！”

阿成全然不顾，生拉硬拽地将阿兰拖到休息室门口，用手使劲儿往外一推，阿兰一下子被摔出了门外。

轰的一声巨响，一股强大的气浪袭来，将阿兰冲出好远。一大团烟尘裹着沙土石块，抽打着阿兰。

阿兰忍着疼痛从尘埃中爬起来，揉揉眼睛，惊呆了。

工棚没了，成了一堆支棱八翘的烂钢板，大烟囱的上部乱七八糟地砸在了工棚的钢板上。

一些人急三火四地跑了过来，开始扒这堆残砖碎石。当掀开钢板时，阿兰瘫坐在了地上。

阿成被抬了出来，浑身是血，脑袋就像被砸瘪的鸡蛋。

原来，阿兰刚走进休息室，坐在大树下的工人就发现一大群麻雀叽叽喳喳地从大烟囱里疾飞而出，大烟囱噼里啪啦地往下掉砖头，随之便缓缓地朝休息室方向倾斜下来。大树下的人扔下饭盒惊叫着四下跑开了，而阿成却高喊着“兰子”，冲了进去。

一年后，阿成的忌日。阿兰去阿成的墓前，在墓碑下摆上酒菜，还有几个红皮鸡蛋。阿兰鞠了三个躬，泪如雨下。

阿兰跪在地上，哭着说：“阿成，今天是你三十七岁生日，兰子给你唱生日歌：祝你生日快乐，祝你生日快乐，祝你生日……”

几个剥开了皮的鸡蛋上，闪着晶莹的泪花。

阿兰点上了一支烟，摆在墓碑前。

女人如蚕

窗外的嘈杂声与欢欢的“汪汪”声将阿紫吵醒。

阿紫起身拉开窗帘，见广场一角冒出个棚子。阿紫忧郁的目光里满是无奈，这棚子咋还明晃晃地进小区了？

每到夏秋之交，北方的街头巷尾偶尔会出现一个个加工蚕丝被的棚子。

欢欢是阿紫离婚后，娘从小镇送来的贵妃犬，别看欢欢小，却可以保护阿紫。阿紫本来睡觉就轻，欢欢一叫就没有了睡意，索性起床下楼了。

棚子周围，一群女人叽叽喳喳在说蚕丝被的好与不好。

“咱老家四川产的蚕丝呀，是一等一的好，轻还暖和，可以顶替咱东北的棉被过冬。”

柔细如丝的女人声音，藏着淡淡的四川麻辣味儿，从棚子的缝隙中传出来。

一个相貌乖巧的四川女人，笑着挺起腰身。棚子里传出脚踏缝纫机的声音，声声入耳。

男人正低头专心地做缝纫活，看不清面孔，头发挡着额头，应该是在赶制被罩吧。

女人拿出蚕丝被的半成品，一卷一卷地铺开，仔细地介绍着。

阿紫不喜欢凑热闹，扯着欢欢遛弯去了。

可那轻细如丝的声音一直柔软地传来，不离左右。

阿紫每次从棚子前经过，那女人听到脚步声都会抬头笑一笑；男人总是不停地蹬着缝纫机，有着做不完的活儿。

一个雨天，阿紫下夜班没带伞，脚步匆匆地走进小区，听到那棚子里传出男人的低吼声，好像埋怨着什么，听不太清。女人的声音，细细地流出来又消失在雨中。

小两口吵架了吗？阿紫不明不白地担心起来。

雨停了，欢欢撒着欢儿地跑在前面。

棚子的门关得很严，看来小两口和好了。

真是天上下雨地上流……

阿紫忧郁的目光里泛出笑意，笑自己八卦。

第二天，阿紫早早地下了楼。欢欢跑到棚子前，“旺旺”叫起来，阿紫喊住欢欢。女人正看着阿紫。

“妹妹起得好早啊！”

不喜欢搭讪的阿紫随口说道：“是欢欢挠门要出来。”

“你们城里人真有文化，给小狗起名字都这么好听。”

阿紫盯着女人的脸，像看出点儿什么。

女人心领神会地一笑："他还没起来，昨天你都听见了，他不同意出来做生意，是我的坚持。"

"看你柔弱的样子，还挺有主意。"

"没办法，在咱四川老家，这蚕丝就窝在乡下，卖不出价钱。不怕你笑话，我俩结婚三年了，怀不上孩子。中医看了好多，就是怀不上。听人说，换个环境可能会好些，我就硬着头皮拉着他来北方碰碰运气。在咱们那里，无后可是大不孝，可半年过去了，我这个不争气的肚子还是瘪瘪的，他就沉不住气了。"

阿紫笑了："那忙啥？不怀就不怀呗。在城里，有的人结婚了坚决不要孩子，做丁克。"

"啥克？"

"丁克，就是结婚不要孩子。"

"是吗？这回谁再问我孩子的事，我就说，学着城里人要做丁克了。"

哈哈，女人就是这样，有了共同的话题，一下子就熟络了。

"妹子，你在哪工作？咋称呼你？"

"叫我阿紫好了，我是医生。"

"看妹妹就不是一般人，我可以去你们医院检查一下吗？看看到底能不能怀上孩子。"

她们一句一句地聊着，分手时亲如姐妹了。

阿紫真的带女人去检查了，老中医给开个没有药的药方，女人开心地笑了。

秋去冬来，树上的叶子唱着歌飞来飞去，阿紫家的门铃响了。

欢欢冲着门口叫，阿紫打开门，“姐姐快进来坐。”

女人立在门外，手里捧个蚕丝被，说：“身上脏就不进门了，这是姐姐的一点儿心意。明天要回老家了，留个纪念。”

“咋这么快就走了呢？姐姐，留个电话吧，以后要是有朋友买被子好联系你。”

阿紫与女人交换了电话号码。

“妹妹有空去四川吧，姐姐带你参观蚕园。”

阿紫接过蚕丝被，轻轻放到沙发上，回手拿出两盒三七粉，说让她带给家里人补补身体。

女人连说谢谢，有些不舍地走了。

阿紫多了个微信好友“女人如蚕”，头像是四川女人的笑脸。一组四川家乡的风景、蚕园、蚕丝加工厂的图片发了过来。

女人说，国家的扶贫政策真是好，家乡蚕丝加工厂上了新的生产线，订单都签到国外了，自己还开了淘宝网店，再也不用外出奔波了。

“阿紫，还有个大好消息，姐姐怀上宝宝了，已经两个月了。算了下时间，是在北方怀上的。那中医还真是神，没有药的药方真管用。”

柔柔细细的声音后面跟着一串笑声，飘在阿紫耳边。

阿紫每天早上都会收到女人如蚕的问候，在欢欢的“汪汪”声中起床晨练，经过广场时，感到女人仍在那里忙碌。

中秋夜

被姐妹们称作女王的她，一提起作家丈夫，就心花怒放。

这天是中秋节，他与她杯对杯，共进晚餐。奶黄色的灯光温馨浪漫。红酒、牛排是作家做给女王的专享晚餐。他不失风趣地对她说："美酒佳人相伴，快活如神仙。"

此时门铃响起，她有些歉意地举起酒杯，对他说："一个小时后一起赏月。"

她朝他嫣然一笑。他知道她排练的时间到了。她被邻居邀请参加了社区合唱团，并担任指挥。做了三十年音乐教师的她，每天练声试唱，常常忘了吃饭。他很支持她。

她哼着"十五的月亮"，脚步轻快地走出房门。

平时喜欢独处的他，此刻不知什么原因，一种莫名的寂寥袭来，不禁吟起李白的《月下独酌》。

他每天坐在家里看书写作，有时出去参加一些文学活动，和一些文友喝酒喝咖啡。

在她的眼里，他儒雅有礼，如珍珠湖水，诗意浪漫。而她自己有着鹦鹉般的歌喉，清雅脱俗。

他很少看电视，便从餐桌上拿起手机，走进书房，坐在写字台前，想着先和谁聊聊今晚的月色。

手机不听使唤，他触了几下屏幕，才发现这手机不是他的，是她的，那么他的手机跑哪儿去了？刚才明明就放在餐桌上。他起身回到餐桌前，上面没有手机。一定是她拿错了手机！想到这儿，他的汗毛“唰”地一下立了起来。

他与她的手机是同款，是儿媳送的礼物，外壳一模一样。来不及多想，他立刻套上外衣下楼了。

园区里静悄悄的，他呆住了，去哪儿找她啊，他后悔平时对她关注不够。园区中心广场在左，社区活动室在右。他像钟摆一样左右摇摆着。

路灯下树影摇曳，耳边滑过吹来的风，他有种不祥之感。内心惶恐：凭她那性格，一定会引发一场没有硝烟的战争。

心急脚步也快，他一溜儿小跑。

“大作家慌里慌张地干吗去呀？”一位邻居跟他打招呼。他自嘲吃多了去跑圈。

他想起有一次他与她一同下电梯，她在前他在后。邻居笑盈盈地迎面而来，说：“这是你家作家先生吧？经常在报纸上看到您的大作。”这时，她快活地回应道：“什么作家先生呀，他就是整天坐在家里那种。”她嘴上调侃，脸上却浮现出一种荣光。

社区活动室漆黑一片，他又直奔中心广场。

广场上有跳舞的、做操的、遛弯的，她人在哪儿呢?

他开始从右往左，一个面孔一个面孔地搜索着，恨不得自己有火眼金睛。

突然，他发现了那个熟悉的身影——是她。他悄悄走到她身后，刚想打招呼，那人一回头吓他一跳，抬起的手停在空中。

他拍着脑门，心想：她会不会坐在哪个角落里，边翻看手机边跺脚。他想起昨天与文友闲聊，叫人家“宝贝儿”，最后还发个“么么哒”。要是这时再有哪个女人发来问候，她一定会崩溃。

他越想越晕头，转身往回走，脚步匆忙险些摔倒。保安看出他的异样，喊道：“需要帮忙吗？”

他边走边说：“我在找咱家女王，说是在排练呢。”

“应该在社区活动室吧。”

“去过了，没人。”

真是奇怪，刚刚还漆黑一片，转眼间灯火通明。在活动室门外，他捋捋头发，拽拽衣角，用手拍拍脸，而后走进去。他看见她熟悉的身影在有节奏地摆动。

刚巧那位邻居坐在门口，说道：“作家来捧场啊，欢迎欢迎！”

“她拿错手机了，我是给她送手机来了。”

“噢”，她一扭头，“手机都在窗台上，你自己去找吧。”

他如释重负，嘴上调侃着：“今天是中秋，怕耽误了她的好事。”

黑屏金壳的手机，静静地躺在那里。他迅速放下她的手机，拿起自己的手机揣进口袋里。

回家的路上，只有月亮的清辉同他在移动，影影绰绰。

他急切地打开手机，翻到一个小窗，闪出一只奔跑的梅花鹿头像。她是上个月去草原旅游刚刚相识的朋友。他迟疑了一下，想碰又不敢碰。此刻，她会记得他吗？

草原八月，那个月亮圆圆的夜晚，篝火晚会正浓，他与她作为两队的拉歌代表，合唱一曲《敖包相会》。无意中他碰到她的手，她回他一个甜甜的笑。

此刻，耳边女王的歌声正呼唤他回家。

妯娌那点事儿

葛蓉和焦滟在同一家银行里工作，两人是同事也是妯娌。

起初，葛蓉与焦滟是无话不说好姐妹，自从焦滟嫁入关家，两个人的关系发生了微妙的变化，焦滟说："叫嫂子不亲，叫蓉姐亲。"葛蓉笑笑，"随便你了。"

葛蓉连续三年被评为三八红旗手。因一件事她被推到风口浪尖上，应了那句话，高处不胜寒。葛蓉在总行工作的丈夫关瑞，一再提醒她：焦滟是个心直口快的人，和她说话办事要把握好分寸。

喧嚣了一上午的营业室安静下来，午休时有人私下里嘀嘀咕咕在议论着什么。

焦滟是关家的二儿媳，丈夫关健是个生意人，背地里也没少安抚老婆，要她在单位与嫂子处理好关系，互相有个照应，别让外人看笑话。

周五晚上，蒲河岸边关家大院内，公公婆婆提前准备好饭菜水果，等着儿子儿媳们回来。

关健与焦滟先来了，进屋赶紧帮婆婆做饭。关瑞和葛蓉回来时，一桌子热气腾腾的饭菜都摆好了。关瑞说："下午临时有个会，耽误时间了。"葛蓉也说："是啊，辛苦爸妈和弟妹了。"

一阵嘻嘻哈哈中，家宴开始了。

刚刚还有说有笑的焦滟，发现了葛榕伸出的手腕上最新款的欧米茄，心里不是滋味，饭菜在嘴里也是不咸不淡的，只是闷头吃饭。婆婆发现气氛不对，给关健使眼色。关健赶紧给她夹菜，焦滟说："胃不舒服，吃不下。"没等大家吃完就提前下桌了。

葛蓉边收拾碗筷，边与婆婆聊天。焦滟进来把婆婆拉进客厅休息，返身回来开腔了："榕姐，换新表了？洗碗别弄脏了呀。"

"是我娘家哥表行里的货，送我的。"

"啥？你哥也太大方了，工薪族一年的饭碗挂在手腕上了，这是姐妹们一年不吃不喝的奢望啊！"

葛榕莞尔一笑，手腕一甩，"哈哈，你瞪大眼睛，要是饭碗也充其量是个泥饭碗。"她把手表举到焦滟眼前，焦滟揉揉眼睛，惊讶地叫出声："新款的欧米伽，别显摆了，我要有个卖手表的哥哥多好，真是羡慕。"

接下来的日子，在班上葛榕常被姐妹们问："这么漂亮的钻表，一看就是最新款，多少钱买的呀？"葛榕笑笑，说："你们都知道我不喜欢手表，真不是我买的，我哥送的水货，戴着玩儿的。”

焦滟私下对葛蓉说：“蓉姐，知道大家在议论你啥不？就凭你的身份戴水货，说出鬼来也没人信，这表要看谁戴，要是戴在我的手腕上，真表也是假货。”

焦滟接下来甩出的一句话，让葛榕觉得后背发冷。

“看来你是真误会了，我跟你说的是真话，就咱俩的关系我还能骗你？下次回娘家见到我哥，跟他要一只表送你。”

“真的？我可不敢戴。”

焦滟上网查了下，这款欧米茄是限量款，明摆着葛榕在撒谎。焦滟越来越闹心，回家跟自己生气，说：“看看人家葛蓉多有福气，哥哥开表行，送欧米茄给她，同志们都高看她。”关健一头雾水，被焦滟折磨得四下打听谁能淘到新款欧米茄限量版。焦滟说是说，可真要花好几万块钱买只手表，她摸着钱包心里疼。“算了算了，我也就是说说，谁让咱没有哥。”说是说，让人听了却不是味儿。

葛榕表面上无所谓的样子，只能跟关瑞诉委屈。关瑞笑着说：“有人嫉妒是好事，证明你比她们过得好，别理他们，咱不戴了，等我有钱了，买只真的欧米茄给你。”

葛蓉摘下欧米茄，感觉放下个包袱。谁知道麻烦又来了，一大早在水房打水，焦滟凑到跟前说：“蓉姐，戴得好好的表，咋不戴了？”葛榕后背朝着她，冷冷地说了一句：“不戴了，免得让人嫉妒。”焦滟眉毛一挑，说：“关健说了，等我过生日时，送一只最新款的欧米茄给我。”

在这事还没消停时，又到了评优的当口，再次将女人们卷入了漩涡。

今年的三八红旗手会花落谁家呢？行里人心里明镜似的，论业绩与能力，这个人选还要在焦滟与葛榕妯娌两人间轮流转换。

关瑞在行里，听说葛蓉与焦滟同时被列入今年三八红旗手候选人时，赶紧做葛蓉工作：“咱都当了三年的三八红旗手了，也该让让位了。”

葛蓉绷着脸说：“你是在替谁说情吗？”

葛蓉心里清楚，因为欧米茄手表，引起了焦滟的嫉妒，就话里有话地说：“荣誉对于我无所谓，我在意的是她们的心态，有的没的，这人心也太难测了。”

关瑞听出了媳妇儿这话的分量，感觉事态有点儿严重，下个周末是爸妈结婚纪念日，弄不好这火燃起来，指不定会烧着谁，那麻烦可就大了。于是他叫上弟弟关健赶紧回小镇。

周末的晚上，关家大院灯火通明。

公公拿出两幅一样的金箔字画，作为回馈递到两个儿媳手上，上面写着“家和万事兴”。葛蓉先起身接过公公手里的金箔字画。焦滟从公公手中接过闪光的金箔画时，脸红红的。

几天后，新一年的三八红旗手的荣誉桌签，摆在了焦滟的办公桌上。

雪落屋顶

那年的冬天格外寒冷，风针一样扎着清晨。姥姥围着灶台忙活着，把一把柴火丢进灶坑，哗啦蹿出一道火苗，姥爷借着火苗暖着手。

姥姥说："他爸，变天了，今天别去上工了。"

"不行，沙坑里还有没掏出的沙。昨天队长说，村里不要这沙了，不把沙坑清理干净不给工分，紧紧手也就半天的活儿，我就答应了。"姥爷说。

姥姥看了看窗外说："北风烟雪的不好干活，那沙子还不被风刮跑了？"

姥爷边烤手边说："沙坑背着风口呢，咱多弄一车沙子，除了自己家盖房用，余下的可以用来卖钱，买些砖瓦木头，再加上之前存的沙子，明年就可以盖新房了。"

姥姥梦里的砖瓦房，在姥爷的话语里真实起来。

姥爷接过姥姥递过来的玉米白菜糊糊，呼噜噜喝了几口，又咬了口发面饼子，就着芋头咸菜，嘴里呼出一团团热气。

北风蛊惑着雪花，拱开姥姥家的窄门，一股寒气打着旋儿填满土屋。出门赶工的姥爷紧了紧腰上的带子，开着四轮车出发了。

快中午时，雪花落满屋顶，白了乡间小路。姥姥担心姥爷一根筋，后悔没拦住姥爷，就顶着北风去大门口张望。

姥姥家的窄门再一次被狂风推开，有个满身是雪的人来报信儿，说沙厂塌方了，姥爷连同他的四轮车被压在沙坑里。姥爷被扒出来时，模糊得没了人形。那年，姥姥五十岁。

妈妈是姥姥的大女儿，姥爷还在世时她就嫁到小镇了。姥姥家在西村，离小镇五里路，妈妈风筝一样飘在姥姥的视线里。姥爷走后，姥姥一夜雪染青丝，妈妈经常带着我去姥姥家，我在姥姥怀里听她们的故事。

春风吹走雪花时，姥姥挺直了瘦弱的腰身，松柏一样带领儿女们扒掉旧屋，三间砖瓦房立在西村口，完成了姥爷生前的愿望。姥姥没再嫁人，一直守着家。

妈妈的家在蒲河岸边，她每天枕着绿皮火车的轰鸣声醒来，晚上等待爸爸乘绿皮火车从城里上班归来。做好的晚饭在锅里热着，听见爸爸的脚步声，妈妈就开始张罗一家人开饭。

爸爸喜欢喝小酒，冬天雪花一飘，妈妈就会端出酒壶酒盅下酒菜，一壶热辣辣的酒溜溜达达下肚后，爸爸脸色泛红，故事一个接一个，最后一定要说："单位正在盖福利房，等分到两室一厅的楼房，全家可以住上楼房，大人也不用这样辛苦，孩子们就可以去城里上中学了。"

妈妈总会调侃说："你那酒壶里的楼房都盖多少年了？再过几年孩子们都读大学了，也许还看不到楼房的影子。"爸爸为自己开脱："后后有席，好饭不怕等。"

爸爸退休的前一年冬天，一天，雪是午后下的，越下越大，到吃晚饭时，一脚下去，雪就埋了小腿肚。爸爸没有准时回来，妈妈说火车误点了，让我们先吃饭，她等爸爸。冬天火车时常晚点，妈妈一遍一遍地热着给爸爸留的饭菜，人跟锅里丢了魂儿的白菜汤似的，来来回回去大门口瞭望。耳边火车轰鸣，就是没有爸爸的影子。这晚爸爸没回来。

第二天，雪停了。半天加一夜的积雪压得屋顶瓦片吱嘎响。一直没有爸爸的消息，不祥笼罩着这个清晨。一辆小汽车开进大院，妈妈被接去城里，爸爸晕倒在制药厂实验室，药物中毒昏迷不醒被送进了医院。医生说，人呼吸还在，恐怕这辈子就这样睡下去了。

这年妈妈才五十岁，后来她带着植物人爸爸回了小镇。妈妈每天按照医嘱，给爸爸打流食，唱爸爸爱听的歌，给爸爸翻身叩背做按摩。

蒲河冻了化，化了又冻，爸爸一直静静地躺着，姥姥一声声叹息，拉过妈妈的手，泪无声地流着，一脸无奈与不忍地看着昏睡中的爸爸。姥姥说："女人的命是男人给的，苦与不苦都得承受，这就是缘分。"

姥姥的话，雪片一样落在妈妈心头。

我好久没回娘家了，妈妈看到蒲草一样的我形单影只地归来，再看看床上昏睡的爸爸，一脸的问号变成泪水。心痛地对爸爸说："快看看女儿吧，你这没良心的，赶快醒来吧。"

"水……水……"模模糊糊的声音。"是你爸爸的声音，这几天我偶尔会听到这声音，还以为是幻觉。"妈妈笑容里挂满泪花，颤抖地叫着："老伴儿……老伴儿……你可醒了，是听到我骂你没良心了，还是心痛女儿了呀？"

爸爸醒了，疲惫地问："究竟发生了什么？咋大白天躺在床上？"

"爸爸你昏迷好久了，是妈妈一直照顾、陪伴、呼唤着你。"

妈妈紧紧地搂着我，笑——哭——笑。"女儿别怕，再冷的冬天都会过去。"

一家人说着笑着，积压在屋顶的落雪，仿佛听到春天的召唤，吱吱嘎嘎拥挤在房檐上，一串串水珠排队滑向地面，滴答滴答，唱着欢快的歌。

飘过的味道

多年前，单位大楼对面有一家风味楼。李姐偶尔会请我去那里吃午饭，我俩都喜欢那里的老式锅包肉，外焦里嫩，酸酸甜甜的味道很是诱人。

李姐是我的顶头上司，有理想，有抱负，是我崇拜的对象。

一天，食堂停水，走廊里满是方便面的味道，红烧味、海鲜味飘来荡去，一顿自助午餐盛宴即将拉开序幕时，一股酸酸甜甜的味道从门缝飘进来，是饭馆里锅包肉的味道！酸酸甜甜的味道早已充满我的鼻翼，那味道竟然停在了门口。

“李主任在吗？”来的是对面风味楼的服务员，一身油乎乎的衣服，一脚门里一脚门外，手捧个盘子出现在门口。

“李主任在隔壁。”我有些小失落。

酸酸甜甜、香喷喷的味道飘走了。对于每月几十块钱工资的我来说，吃一顿锅包肉算是一种奢望。当时，我曾把能吃上锅包肉作为犒劳自己的礼物。

一会儿，酸酸甜甜、香喷喷的味道又飘来了，我怀疑自己的嗅觉出了问题，哪知道李姐端着盘子笑吟吟地出现在门口，说：“我点了一盘你喜欢的菜，咱们一起吃吧。”

我赶紧掩饰说：“谢谢主任，我准备与隔壁同事吃方便面大餐，您快回去自己享受吧，那边狼多肉少，一眨眼就没了。”

李主任疑惑地看了我一眼，一脸坏笑地端着盘子扭动腰肢，带着酸酸甜甜、香喷喷的味道飘走了，临出门还特意回过头说：“别后悔呀，一会儿就没了。哪天想吃了就告诉我。”我赶紧关上门，怕自己冲出去。

李主任三十出头，爱人下海经商。李主任长得有气质，性格开朗，满身透着灵气，用男同事的话说，她飘过来的味道都能杀人。

我这人理想不大，对我来说每天有锅包肉酸酸甜甜的味道陪伴就好。李姐听了差点儿笑岔了气儿，说要我注意，容易被男人骗。

每逢有值得庆祝的事，李姐一定会去风味楼饭馆，自己拿钱请客。李姐是众人眼里的女神，身边喜欢这味道的人也越来越多，每次去饭馆，菜品都很丰富，但锅包肉一定是压桌菜。

一天，我们刚刚落座，老板就过来说：“欢迎李大姐大驾光临啊！”

李主任客气地说：“老板，还是你们风味楼菜品的味道好，你这是小本生意，心意领了。”

“好好，李大姐。您慢用，有事招呼一声。”

不大一会儿，酸酸甜甜的味道随着服务员的微笑飘到包房。李姐看着摆在眼前的锅包肉，客气地说声：“谢谢，谢谢！”又看我一眼说：“小馋猫，动筷啊！来来，大家一起吃。”我们每人夹起一块儿锅包肉大喊：“祝贺李姐高升！”盘子空了，我们哄堂大笑。

李姐高升后，开会、出差，工作忙得见不到人。偶尔闲暇时，李姐也会请我们去风味楼小聚。老板见到李姐的影子，定会亲自端上一盘酸酸甜甜的锅包肉。后来我发现李姐不大喜欢这味道了，用筷子夹起一小块儿，放到口中，会有一搭没一搭地说：“嗯，酸甜可口，还是那味道。”然后就再也不碰这个菜了，甚至都没多看一眼。

后来，风味楼被拆除，盖起了高楼，那老板摇身一变原地开起了海鲜大酒楼，桌上的菜也换成了鲍鱼、龙虾、夏威夷贝，酸酸甜甜的锅包肉从菜单上被删除了。

老领导退休时，李姐毫无悬念地成了接班人。李姐也会去海鲜大酒楼，但我很少去了。

最后一次见到李姐，是在一次警示教育活动时，在市郊的一座看守所里，屏幕上出现一张熟悉的面孔，表情木然，双眼目视前方，没有打理过的白发泛滥着，皱纹也爬上眼角，面色灰暗，声音沙哑地忏悔着……

多年后，我突然接到一个陌生电话，她说是李姐。我忽然反应过来："是老领导吧？"她说："已经回家了，很怀念当年，尤其是当年那老式锅包肉。小馋猫，看看还能找到那样的饭馆不？"

我走遍了周围的大街小巷，也没有找到当年那道老式锅包肉的味道。当拨通李姐留下的电话时，她听后叹了一口气："哎，都是十多年前的事了，找不到也正常，我还住在原来的地方，有空来家里，我们自己做道老式锅包肉，我还记得那酸酸甜甜的味道，一切都飘走了。"

老同学

赵亮和安阳是老同学，周末的中午，两人在一家小酒馆喝酒，几瓶啤酒下肚，两人开始议论起明天中午的老同学聚会。谈起聚会，就免不了谈到当年班里的女同学。人到中午，当午的秘密已经不是什么秘密了。

安阳说："赵亮，你可能不知道，高中临毕业时，我暗恋过咱班女同学于美丽。于美丽那是真美，尤其是那双丹凤眼，看不够呀！"赵亮喝了一口酒，问："既然那么喜欢，你为什么不公开追她呀？"

安阳挠挠头说："于美丽外表那个威严，哪敢呀！"

赵亮哈哈大笑，说："当年咱班男同学喜欢于美丽的不少，也包括我。可于美丽从不正眼瞧我们，她眼高。"

安阳接话说："对呀，我一直想问你，有一回下雨天我看见你俩在雨中牵着手跑，后来呢？"

赵亮问："你看见我俩牵手了？"

安阳自己干了一杯后，说："那天轮到你俩卫生值日，你们扫除时，天就下起了雨，我躲在教室外偷偷看，于美丽先跑了出来，紧跟着你锁上门追上她，就牵手跑进雨中了……"

赵亮不无遗憾地说："那是仅有的一次牵手，后来还不是人家于美丽眼高，压根儿没看上我。"

安阳说："听说于美丽后来嫁给了富二代，老公做房地产生意。去年听其他同学说，她早就下岗了，在八卦街市场当老板卖茶呢。"

赵亮说："咱俩喝完后去八卦街，看看咱俩谁能先找到于美丽。"

安阳说："行，我至今还忘不掉她那双丹凤眼。"

又喝了一会儿后，赵亮结了账，两人走出了小酒馆，坐上出租车直奔八卦街市场。

市场不大，但很繁华。一楼烟酒糖茶，二楼服装百货。

两人开始在一楼一个店铺一个店铺地找起来，也没有找到。他俩又上了二楼，还没有找到。

安阳说："也许我听错了，她根本不在这里工作。"

赵亮说："那你打个电话核实一下。"安阳拨通另一位同学的电话，确定于美丽就在一楼经营茶叶生意。

安阳和赵亮说："依我看，在这样的市场里，以于美丽的潜质，当个服装店老板绰绰有余。"

赵亮说："不能小瞧人，以她的家世和能力，最低也应该是市场管理人员，说不定还是个大股东呢。”

说到这里，两人走进市场管理办公室咨询。市场管理办公室人员听了他俩的来意后，就把他们领到一楼的一个店铺前，说这就是于美丽的店铺。

安阳和赵亮同时看了一眼店铺的女店主，回头对办公室人员说：“对不起，她不是于美丽，找错了。”说完，两人刚要走，只听女店主说：“没错，我是于美丽。”

安阳和赵亮又同时看了看女店主，眼前的于美丽身体没以前挺拔了，那双丹凤眼也不那么俏丽了，眼角的皱纹，让他俩看了心疼。

安阳和赵亮心里同时感慨：“岁月是杀什么的刀来着？”于美丽对他俩的吃惊并未在意。

于美丽瞧了他俩一会儿，一蹦高，说：“你俩是安阳、赵亮！”

三个人的手紧紧握在一起。

接着，安阳提议三个人出去吃饭。

于美丽说：“改天吧，明天咱们老同学不就聚会了嘛，明天一起吧。聚会了，怎么也要收拾一下形象，我一会去做个头发，还要去美容院给脸做个美容。哈哈……”

赵亮和安阳在于美丽的嘻嘻哈哈笑声中走出了八卦街市场。

第二天上午，同学们都早早来到了聚会的酒店，唯独于美丽没到。赵亮打通了于美丽的电话，问：“到哪了？”

于美丽说：“马上就到酒店的停车场了。”

同学们听后，呼啦一下都拥到酒店门口，去迎接于美丽。

一辆白色宝马车驶进酒店停车场，车刚停稳，一只白色高跟鞋轻轻地伸出车外。紧接着，秀发高挽身着青花旗袍、手提白色古驰手包的于美丽走下车来。

于美丽走过来，同学们惊呼：“于美丽比以前更加美丽了！”

同学们围成一大桌，开始互相敬酒。女同学们围着于美丽不无羡慕地说：“还是当富太太好呀，看你这身行头！”

大家一阵笑之后，于美丽说：“富太太好什么呀？他做的房地产生意很不景气，我家的日子，要是没我这个茶铺撑着早就塌了。不怕你们笑话，我下岗多年了，一直自己当老板，明年准备开连锁店，谁想加盟请联系我。”于美丽的周围热闹起来，大家纷纷留电话加微信。

聚会持续到傍晚，同学们才依依不舍地散去。

这次同学聚会后的一个月，同学微信群中传出一个消息：于美丽的连锁店开业了。听到这个消息后，赵亮和安阳又来到那家小酒馆喝酒。

谈到于美丽时，赵亮喝了口酒，赞叹地说：“咱老同学于美丽，真是于美丽，说干就干，带领几个下岗的女同学一起创业了。”

安阳也随着说："是呀，上学时于美丽是长得漂亮，现在的于美丽是干得漂亮！"

无妄之忧

大海风平浪静，天空万里无云。高升站在甲板上，刚要感叹出门回家遇到好天气的当口，一阵大风袭来，险些把他推倒在船舷边。他随即感觉头顶一空、头皮发凉，帽子随风而去，翻滚到海天相接的远方。

“唉，帽子丢了，可不是什么好事。”身旁一个老太太说完小心地挪动脚步，进船舱里去了。

在单位，和高升相熟的同事都叫他“升哥”，说他的名字里透着贵气，而且他还真是公司重点培养对象，传闻是公司领导的接班人。

船上这一天，高升始终郁郁寡欢，耳边只要一响起老太太的那句话，心里就一个劲儿地翻腾。同行的小王安慰他说：“怎么了升哥？不就是一顶帽子吗，等下了船，我送你一顶。”

高升叹气道：“你不知道，那帽子，那帽子……”

“那帽子怎么了？”

小王并不知道，飞走的那顶帽子是高升媳妇送给他的生日礼物，丢了很不吉利。

可是现在帽子真的丢了。

下了船，和小王一分手，高升就直奔商场，三步并作两步地冲到鞋帽柜台，比比画画说要买帽子。等他和售货员说明白了帽子的款式、颜色、大小，售货员不无遗憾地告诉他，这款式的帽子早下架了，厂家也许早就出新款了。

高升的心凉了半截，垂头丧气地回到家中。

一进门，媳妇笑盈盈地接过旅行箱，待回头去接衣帽时，才发现问题，惊讶地问："帽子呢？"

"让海风刮走了。"

"刮走了？哎呀呀……"媳妇话未出口，但见高升神色不对，觉得再往下说也晦气，赶紧改口："旧的不去新的不来，明天我再去给你买一顶。"

高升没应声，尽量掩饰自己内心的那股焦虑。

自从帽子飞走之后，高升就像丢了魂儿似的，饭吃不下，觉睡不着，戒了两年的烟也拣起来了。

媳妇看在眼里、急在心上，偷偷地去商场买了一个替代品，用红纸包上，规规矩矩地放到柜子里，有事没事还打开柜子，冲着帽子作个揖。一心等高升下班回来，就把这帽子给他戴上。

媳妇买帽子时，高升正在公司开会，会议内容只有一项：欢迎下派干部来锻炼。会后，王总还特意把高升叫到办公室，先肯定了他以往的工作成绩，又鼓励他不要心浮气躁，应该踏踏实实工作，相信公司不会埋没人才……

高升不知道自己是怎么走出王总办公室的。

天黑了，独自喝完闷酒的高升回到家，见了媳妇一句话也没说，倒在床上就睡了。

第二天，高升发烧了，迷迷糊糊中一个劲儿地说梦话，骂自己窝囊废，五十岁了才熬上个中层，眼看有点希望了，帽子又丢了……

媳妇见状，马上发动娘家人，上下齐动员，满城买帽子，说："就不信找不到一顶一模一样的！怎么着也得让高升把这顶帽子戴上。"

熬过了这场大病，高升整个人瘦了一圈。上班时，高升更加无精打采。他有时手里拿着给领导写的汇报材料，突然思路断了，心乱如麻。领导等着急用，可他写了三天还是个草稿。之后领导催问时，明显对他不满意，说："工作上可不能消极。"这分明是在敲打他呀。

他喃喃自语："难道真是帽子丢了带来的晦气吗？"

那之后，他的工作更是漏洞百出。他还听到了风声，自己的工作可能会有变动。

高升又病了，这一病高烧不退。他到医院就诊，医生说没大事，建议好好休息静养。他病休在家，王总上门慰问，嘱咐他安心养病，不必考虑工作。王总走后，高升更加郁闷了，王总话里有话呀！“不必考虑工作”，这是什么意思呢?

不久，高升住进了肿瘤医院。

半年后，办公室通知大家参加高升的葬礼。

告别仪式很隆重，高升的头上戴着一顶帽子——和他丢的那顶一模一样，他媳妇哭诉道：“高升啊，都是我的错，帽子昨天才找到，家里还存了一顶，你要的帽子都给你带去，你到那边去高升吧，帽子不够就托梦给我。”

这话让在场的人听了内心酸酸的。

墓碑前的秘语

长江三峡桃花村码头，一艘游船鸣笛起锚，一个男孩儿和一个女孩儿在追船，男孩儿背着个硕大的包，手牵着女孩儿，女孩儿脖子上一条红丝巾很扎眼。

船在江中走，景在水中流，男孩儿陶醉在三峡的奇峰异石中，举着相机在甲板上取景。

镜头里，飘进一条红丝巾，接着闪进女孩儿溢着笑的脸。女孩儿舞弄着婀娜的身姿，男孩儿随着她转动，咔嚓咔嚓地按下快门。

月亮升起来了，江面银光粼粼。不能错过的时刻，船尾，男孩儿拍了一张盈月中的红丝巾女神。一夜漂在江中，黎明成为男孩儿的另一个期盼，太阳羞答答露出笑脸时，那条红丝巾已彩旗般飘在船头。

白云萦绕着神女峰的腰肢，诗意的神女峰陶醉着男孩儿，红丝巾又飘来了，女孩儿手指神女峰的方向，冲着男孩儿一脸灿烂。

夕阳红透了山峦江水，把女孩儿和男孩儿染红了，融化成一抹萦绕于山水的红丝带。系着红丝巾的女孩儿，一会儿飘在船头，一会儿飘在船尾，男孩儿追着拍着女孩儿。

船靠岸，渡口一片幽静。石拱桥下桃花盛开，男孩儿拉着女孩儿，一双手扣得紧紧的，他们约好明年还来游三峡。

男孩儿家在南方，军校毕业后去了武警支队。女孩儿正在北方读大学，约好明年女孩儿毕业就到男孩儿所在的城市构建爱巢。

暑假前夕，女孩儿边整理论文准备答辩，边拿出那条红丝巾，憧憬着樱花盛开时再游三峡，旅行结婚。这是他们的约定。

记忆的灯，明亮了男孩儿女孩儿的记忆，却黑暗了男孩儿的城。

北方阳光灿烂时，南方进入梅雨季节。男孩儿的城市台风频繁抵达，惶恐的街头只有星星在眨眼，无奈之下，人们只好相信钢筋水泥的忠诚，躲在家里不敢出门。

台风雨一场接一场，所有的约定都模糊不清，生活变成另外一幅场景。一声令下，男孩儿所在的武警支队奉命去转移一个有可能被台风卷走的小渔村。

男孩儿始终冲在最前面，他在微信里发来视频跟女孩儿说，他是队里年轻的党员，此时必须坚守在一线。嘱咐女孩儿不要着急，天晴了，雨停了，月亮升起时，等他归来的好消息。

月亮一圆一缺，一个月过去了。没了男孩儿的消息。女孩儿安慰自己，一定是台风刮断了信号，男孩儿在执行任务没办法联系她。

男孩儿此时正躺在南部战区医院的抢救室里，满身是管子，监控仪器嘀嘀作响。原来，男孩儿在执行任务时，为帮助一个孕妇脱险，自己被台风卷走。台风过后，人们在沙滩上发现男孩儿时，已奄奄一息。

女孩儿赶到了男孩儿身边。

男孩儿听到女孩儿的呼唤，睁开眼睛，用拒绝的眼神看着女孩儿，有气无力地说："台风来了，快走，不要管我。"女孩儿连忙安慰他：" 天晴了，台风过去了，没事儿。"男孩儿无力地闭上眼睛，昏睡过去。

女孩儿照顾着男孩儿，医生说："他醒过来的可能性不大，有可能会成为植物人。"女孩儿不相信，每天给男孩儿讲他们的初恋，讲他们一起游三峡的故事，讲他们的约定，唱他们一起唱的歌。

男孩儿昏昏欲睡，看见了荒野里飞跑的影子，他被一个人带着飞跑，警服还在，大檐帽还在。朦胧中有条红丝巾在后面追，他大声喊着："别过来，别过来，这里危险！"红丝巾仿佛听懂了什么，朝着一束光飞去。

男孩儿流下最后一滴眼泪，丢下女孩儿走了。

女孩儿昏倒在医院里，她做了一个梦，梦见自己长了翅膀，飞到了不曾去过的地方，灯光幽暗，男孩儿在前面飞，眼看她要追上男孩儿了，男孩儿则将她推离了黑暗。

"醒了，醒了。"女孩儿听到呼唤声，睁开眼睛，她看见刺眼的光，与那躲在口罩里的笑脸。

医生捧着一张男孩儿的手迹："把遗体献给医院，救更多的人。"

从此，男孩儿女孩儿阴阳相隔，彼岸花开开彼岸，花开叶落梦中见。

桃花盛开的季节，一条红丝巾飘在男孩儿的墓碑前。女孩儿耳边响起男孩儿的声音："这辈子我没娶到你，来生我化作一条红丝巾陪伴你。"

女孩儿对着男孩儿的墓碑说，桃花开了，她去了桃花村码头，三峡的景色很美，她看见男孩儿的影子在船上飞。

升 迁

王大山出生在二十世纪六十年代，经过刻苦学习，考上了省城师范大学，毕业后被分配到县高中当语文教师。

大山的顶头上司是校长王大利，是同族同宗的亲戚，比王大山大两岁，王大山私下里称他“大利哥”。

原来，王大山一毕业，档案刚送到镇上人事部门，就被教育局看中，准备留到机关给教育局局长当秘书。正逢王大利来要人，说学校急需语文老师，一位教毕业班的老教师下个月退休。无奈，局长只好放弃了人才。如此，王大利成了王大山的恩人。

学校放假了，大利把大山叫到校长室说：“明天跟我一同回家，顺便商量下你的前途问题。”大山听后马上应答：“好的，谢谢校长。”

第二天，大山跟着大利上路了，两台崭新的凤凰牌自行车一前一后，出了校门，直奔十里外的小镇。

乡间小路上，并排的两辆自行车离得很近。大利说：“你以后要注意跟同事的关系，要与我保持一致，要严格要求自己，将来争取当校长。”大山听得心花怒放，虽说他不是官迷，但也想证明下自己的实力，遂连忙点头：“谢谢校长，不，谢谢大利哥的栽培。”哥儿俩越唠越投缘。

快到村头了，大利下车，示意大山一同推车进村。大利频频与乡亲们打招呼，赢得了大山羡慕的目光。

大利还一直陪着大山走到家，大山娘说：“你大利哥呀打小就懂事，当了官还没架子，你真得向大利哥好好学习。”

寒假到了，正逢春节。大山在北京做生意的大伯要回老家过年，大山和爹去县城接大伯。不知怎的，大利哥知道了消息，特意前来拜访，大山爹把大利哥介绍给了大伯。大利哥差点没三拜九叩，还备了厚礼送给大伯。那场面是相当隆重。

待大伯初五回京后，大利把大山叫到外头，瞪着眼睛说：“大伯回家过年，是大事，为啥没提前通知我？”又说：“白培养你个白眼狼，就你这样的，以后咋接班？往后多长点儿心眼儿。”

大山回忆起大伯返乡期间，县长、县委书记都亲自到家里慰问，王大利每次也都陪伴左右，得到了大伯和县领导的认可。

一年后，王大利被提拔为教育局副局长，在欢送会上亲自把王大山介绍给新来的校长，以示重点培养。

王大利上任后，专程去拜访了县长，被列入县里重点培养人才。

工作十多年后，王大山被提拔为校教务处主任。作为主管领导，王大利亲自来宣布任命，还领着大山回乡，逢人便讲，大山能得到升迁，是他培养的结果。

王大利听到确切消息，县政府要提拔年轻干部进领导班子，立即派人把王大山叫去，他拉着大山的手和蔼地说："大利哥遇到难处了，就你能帮我了。"王大山领命给大伯打了个电话。电话里刚一提起王大利，大伯就没让大山说下去。大山只好问问大伯好，然后挂断了电话。之后，大山没敢把实情告诉王大利。没想到王大利真的走上了副县长的岗位，主管教育，每次来学校检查工作，都是挺着腰板，后面跟着一群人。

后来，大山有好几次看见大利与县领导一起出场时，却为县长开车门、拎包，觉得很可笑。

一天，大伯突然回来了，说是县委找他有重要的事。

大伯对大山说："你大利哥在年终考核时没有通过，被免去了副县长职务，回教育局重新安排工作。"大伯还重重地批评了大山，要大山学会做人。

王大山工作三十年的时候，当上了县中学校长；而王大利在教育局做一名普通工作人员。大山有时遇见大利，心里觉得有点儿别扭，再也找不到从前的感觉了。

原来如此

张宏强和陈平是高中时的同班同学，当年陈平是镇南中学的校花，身后有一群追求者，张宏强也在其中。

大学毕业后，张宏强当了一名银行职员，陈平去一家公司做会计，两人也算是同行。刚毕业时还有些来往，渐渐地，各忙各的联系就少了。毕业二十周年的同学会上他们再次相见了。

刚见到张宏强时，陈平很惊讶，发现张宏强比上学时长大一号，但机灵劲儿不减当年。酒喝到兴头时，张宏强凑到陈平身边神秘地说："陈总监，你们老总孙大江是我十五年前的兄弟。"陈平瞪大眼睛问："真的？"张宏强说："听说他五年前从银行辞职去做房地产生意，公司经营得不错，帮我给他带个好儿，有机会见个面，兄弟间叙叙旧。"陈平说："好啊，不过孙总生意上事情多，很少参加宴请，但我会如实转达。"张宏强赶紧解释："哪有什么宴请，家宴，我爱人做菜很地道，到时候一起来啊！"陈平客气地说："好，您命真好，娶了个贤惠的妻子。”张宏强摇着头说：“哪里呀，保密啊，要是张扬出去，同学们都来了，我可招架不起。”

公司年终总结会上，孙总表扬了由陈平所领导的财务部门。会后闲聊时，陈平说起了张宏强。孙总听后愣了一下，分明对张宏强有些印象。陈平极力描述：“张宏强是银行信贷部门负责人，说你们在十五年前一起参加过省行青年干部培训班，您是班长，他是副班长，他想约您见个面。”孙总听了客气地说：“好啊，转告他有时间一定去拜访。”

春节过后刚上班，张宏强的电话就来了：“老同学，春节好啊！单位忙不？看看哪天与你们孙总见个面。”陈平说：“刚过完节，过几天吧。”张宏强说：“你跟孙大江说，我想他了，特别想见他。”

陈平放下电话，去孙总办公室，“孙总，春节前我跟您说的那事，张宏强又来电话催了。”孙大江笑着说：“你看我忙的，转告他，过一阵我亲自去拜访他。”

五一节前夕，陈平接到一位高中同学电话，说班主任吴老师病了，想约几个要好的同学一起回小镇看看吴老师，顺便去蒲河转转，有车接送。

陈平放下电话，心里又泛起嘀咕，回小镇、看吴老师、逛蒲河都是好事，可碰着张宏强还是个麻烦事。

陈平本想躲着张宏强，可一上面包车，张宏强就大声地喊：“陈平，这儿有位置。”陈平只好坐在他的身边。刚坐稳，张宏强就小声问，“交给你的任务咋样了？”陈平低声说：“孙大江太忙，我一直替你约着呢。”张宏强说：“这老兄，不讲究，见到他一定说说他。”

五一节过后，陈平在公司大门口见孙大江从车上下来，就快走几步赶上，说：“孙总，前几天我又遇到张宏强了……”孙大江说：“我这记性太差，根本想不起来他是谁，一定是他弄错了。”陈平碰了一鼻子灰，心想，都是为你们兄弟见面，关我啥事。之后，张宏强再来电话，陈平都不敢接了。

年末结账前，陈平去孙大江办公室请示工作，想起在银行有笔数额不小的贷款需要续贷，就说：“银行新调来一位行长，是不是应该去拜访一下？”

孙大江一听，立即让陈平打电话去银行约见新行长，并说：“你咋不早说，这行长是咱们的经济命脉，赶紧去拜访。”陈平说：“我也是刚知道的。”

他们两人来到行长办公室门口，陈平轻轻敲门，门开了，陈平愣在那，脱口而出：“张宏强，怎么是你？”张宏强笑着说：“还说呢，打你电话也不接，这会儿你倒是送上门来了！”

孙大江一个箭步冲上去，张开双臂把张宏强紧紧抱住，“我的好兄弟，十多年过去了，想得我好苦啊，活不出个样子，不敢见你呀！”然后转过身对陈平说：“我和张行长当年在一个培训班，我俩是一个寝室住过的好兄弟。我不敢见他的原因是，你千万别笑，剧情很狗血，我俩当年同时喜欢上培训班的一个女生，最后，那女生选择了他，太让我嫉妒！”

张宏强笑了：“孙大江你是身在福中不知福啊，当年你成了行长家的金龟婿，多让人羡慕啊。”

“还说呢，为了堵住那些流言蜚语，证明我自己，只能辞职背水一战。”

陈平如梦初醒，怪不得孙总一直回避张宏强，张宏强还偏要摆家宴。原来如此。

土 娃

土娃出生在蒲河堤坝上，土娃妈临产时天正下着雨，接生婆赶来剪断脐带时，土娃已是一身泥土，于是便有了土娃这名字。

爸爸说："这名字好养活。"果然，土娃不哭不闹，吃饱了就呵呵笑，有人说土娃是个傻娃。爸爸不信："咱们家土娃聪明着呢！将来一定有出息。"

土娃家在小镇最偏僻的村子，叫土村。家是土房子，炕是用土砌的。阴天下雨土娃家人就别想出门，坑坑洼洼的一不小心会掉进沟里。那时，土娃个头小胆子也小，第一次走出土村是在小学毕业那年春节前。

一大早，土娃就被爸爸从梦中唤醒，背上干粮上路了。从土村到小镇很远，顺着蒲河边有条近路。那也要走上一个小时，才能在集市最热闹时赶到小镇。

爸爸在前低头走，土娃在后紧紧跟，生怕被爸爸丢在半路。

集市上五颜六色的男女比炊烟来得还早，大家带着自家产的年货来了。那些从城里倒腾来的年嚼货最吸引人，土娃举着糖葫芦，乐颠颠地跟在爸爸身后。

土娃要上的中学在小镇南，经过火车站有条羊肠小道，直接通到学校门口。土娃在学校门外，手抓铁栏杆跷脚张望了好一阵，才恋恋不舍地被爸爸拽着走了。

学校开学前，爸爸领他去了趟省城。这回爸爸是赶马车拉他去的镇上，拴好马车，再坐火车去城里。

绿皮火车一声轰鸣，土娃看着小镇渐渐消失在远方。土娃要上中学了，快赶上爸爸的个头儿了，懂的东西也多了，但还是要跟在爸爸身后。

一下火车，土娃可开了眼界，骑自行车赶路的城里人，油漆马路上拖着大辫子的有轨电车咣当咣当地跑个不停。

看到楼房有三四个土屋罗在一起那样高，他担心地问："爸爸，这城里叫楼的房子这么高，不会倒吗？"

爸爸嘿嘿一笑说："以后会有更高的楼，那倒不倒啊，要看地基牢不牢。"

土娃认真地说："我长大了要让爸爸住上楼房。"

爸爸摸了摸土娃的脑袋说："好的，儿子，爸爸等着住你盖的楼。"

多年以后，土娃如愿考上了建筑大学，专业是土木工程。

大学毕业后，土娃成为一名建筑设计师，在宽敞明亮的办公大楼里，研究窗外那越盖越高的楼，如何能高而不倒。

十几年过去了，土娃浑身退了土味，也住进城里的高楼里，结了婚，职位也升上去了。

土娃忙得很少有时间回土村了，过春节时也是礼节性地回老家转一转，大年三十儿晚上回去，初一就回城里了。土娃总说："等不忙了，把土屋扒了，盖座二层楼让爸爸住上楼房。"爸爸说："不急，俺住土屋习惯了，你先盖好城里的高楼吧。"

土娃半年没回家了，爸爸惦记土娃，就来城里看他。土娃明显瘦了，说是在建一个大工程。

自己养的娃自己知道，在火车站等车时，爸爸拍着土娃的肩膀说："土娃啊，你还记得咱爷俩第一次来城里时，你问我的话吗？你问我这楼房这么高，能不能倒，我说那要看地基牢不牢。"土娃点点头。

爸爸点了一支土烟，吧嗒吧嗒抽了几口，"土娃啊，爸爸是大老粗，没什么文化，别怪爸爸多嘴，这楼房都是人盖的吧？那良心啊可不能偏，良心要是偏了，这高楼基础不牢，早晚会倒的。"

爸爸临上火车前，叮嘱土娃："有空儿回家来，咱们离不开土地这根啊，楼房再高，还是站在土地上踏实。"

爸爸的一番话，打开了土娃的心结。他拿起电话说："王老板，新区改造工程预算按原定计划落实。"

土娃担心老家的土屋，已风雨中飘摇二十几年，他给爸爸打电话，说等忙完了这期工程，回家修土屋。爸爸在电话里兴奋地说："放心吧，土屋不会倒的，政府早出钱维修多次了，牢固着呢。"

春天来了，爸爸打来电话，说老家新村落成了，蒲河廊道改造，清淤泥，种树林，建吊桥，再不回来就找不到家了。

星期天一大早，土娃开车顺着蒲河廊道直奔土村。

蒲河岸边，一条柏油路延伸到一个新的村落，规划整齐，每家每户都长得一模一样，院墙盘着镂空的花，清一色的灰砖灰瓦二层楼，红色窗花，红灯笼。村头指示牌上排列着各家的姓名，居然有"土娃"的名字。

土娃十分惊诧。爸爸迎在村口，问他："找不到家了吧？"

"是啊，这变化也太大了，咋有我的名字啊？"

"哈哈，有你的名字是让你记得回家。"

远方，一片绿荫下，土屋被合作社征用，村子打造成了锡伯族民俗村，迎接着八方来客。

"俺们啊，都成股东了，年末还可以分红呢。"老爸说。

土娃坐在自家的土屋里，童年的记忆温暖着他。

回城的路上，土娃的耳边一直回荡着爸爸的话："这楼房的基础是啥呀？是人心啊，人心不倒，地基就牢固，楼房就不会倒，认真盖好每一栋楼，心里才踏实。"

亲　家

厂长陈长河要与后勤管理科科长李秋菊做亲家，这事引起不小的轰动。

事情发生在李秋菊退休的前一年。

李秋菊刚安排完食堂午餐，陈长河电话就打进来：“李科长吗？来我办公室一下有事商量。”

厂长办公室的门开着，李秋菊侧身敲下门，陈长河说：“请进……今天找你来有件重要事情，你家女儿莉莉是我看着长大的，读大二了吧？我家有个亲戚，在银行工作，小伙子很聪明，需要我帮你们牵个线不？”李秋菊慌了，说：“谢谢厂长，我回去跟 女儿商量一下再回您。”

李秋菊这一下午都在想陈长河的话外音。

暑假到了，莉莉一进家门就嚷着晚上与同学聚会，李秋菊心里有事放不住，跟在女儿身后说：“刚到家就要出去，你心里还有老妈吗？”莉莉撒娇地说：“老妈，您是我永远的老妈。”边说边化妆，李秋菊忍不住追问：“莉莉你有男朋友啦？”莉莉说：“暂时保密。”“我们陈厂长要给你介绍男朋友，是他家亲戚，男孩子在银行工作。”莉莉正在化妆的手停在空中，眼睛瞪得好大，李秋菊明白了。莉莉与陈长河的儿子宇航是同学，难道他们俩谈恋爱了？李秋菊想到这就说：“莉莉，有些事妈妈可要提醒你，女孩子嫁人不要攀高枝，找个对自己好的，能踏踏实实过日子最重要。像宇航那样的家庭不适合我们。”

莉莉很晚才回来，一进门就把自己关在房间里。李秋菊不敢再打扰女儿。丈夫走得早，女儿是唯一的依靠，李秋菊相信女儿能处理好。

再说陈长河，他的爱人前几年得了心脏病走了。陈长河对儿子管教很严，自从他发现宇航手机里莉莉的屏保照片就感觉事情不对，莉莉倒是他从小看着长大的好孩子，但两个家庭无论从地位、背景上都相差悬殊，李秋菊又是他的部下，陈长河打心里不接受这桩婚事。

宇航满怀喜悦地约莉莉出去见面，发现莉莉闷闷不乐，得知原因后，很是恼火。回家一进门就气愤地说：“老爸，都什么时代了，恋爱是我俩的事，家长还要干涉？”陈长河早有心理准备，笑着说：“爸爸不是反对，男人啊，要先立业，后成家，女朋友的事不急。”

“我有莉莉，谁都不要。”

整个假期，莉莉与宇航默默地坚守着爱情。

陈长河又找李秋菊了，这回是在单位外面的茶楼。一见面，陈长河就切入正题：“孩子们的事，你也了解。我今天约你出来，就想找你好好谈谈，你是个明白人，我们两家做亲家是不合适的，你一定要配合我……”李秋菊不知道喝进口中的茶到底是啥味道。

陈长河知道爱情的力量，他能娶到宇航的妈妈也是经过一番努力的。岳父家是文化世家，他是个穷小子，虽然最后爱情胜利了。

李秋菊自从与陈长河谈话后，心里一直郁闷。

李秋菊快退休了，她先去老年大学报了个名，学习民族舞和营养师课程。她下决心要补上年轻时的课，做个文化人。

转眼到了寒假，莉莉与宇航又见面了。

陈长河发现儿子与莉莉的爱情转入地下了，到了无法分开的地步。陈长河临睡前与宇航进行了一次长谈，从宇航的口气中陈长河知道，一切都晚了。

第二天早上，宇航悄悄起来给爸爸做了一顿早餐，想给爸爸一个惊喜。他推开爸爸卧室的门，见爸爸倒在地上。宇航被吓得有点儿蒙了，立即拨通120急救电话，又拨通了莉莉的电话，莉莉一听，叫上妈妈李秋菊直奔医院。

陈长河急性脑出血被推进手术室。

宇航拉着莉莉的手守候在手术室门外，李秋菊在一旁无语。

一个月后，陈长河出院了。医生嘱咐他要进行康复训练，注意饮食，预防复发。陈长河回到家中，发现家里被整理得有些不认识了。厨房里的瓶瓶罐罐装满了各种补品。客厅、书房、卧室，看哪都舒服。宇航说："爸，在您住院期间一直是莉莉与李阿姨照顾我们家。怕您不开心，李阿姨偷偷地把饭做好送到医院，我就谎称是叫的外卖。李阿姨每隔几天就来家里帮忙收拾卫生。今天怕您回家看见她就悄悄地走了。"

陈长河身体恢复得不错，宇航开学前陆续找来几个保姆，都被陈长河辞了。陈长河说："我的事有安排，你把莉莉和你阿姨请来吃顿饭吧，也好感谢一下。"

李秋菊几番推辞，陈长河要亲自登门邀请，李秋菊才勉强答应了。陈长河家已经摆好酒席，酒菜明显是饭店订的，很养眼。李秋菊在陈长河的邀请下坐在主宾席上，对面坐着宇航与莉莉。陈长河端起酒杯，起身说："我要敬三杯酒，第一杯是道歉酒，第二杯是答谢酒，第三杯是祝愿酒……"

宇航与莉莉恋爱的事公开了。李秋菊退休在家，陈长河正休病假，李秋菊成了陈长河的陪护和营养师。经过半年的康复与调养，陈长河可以正常工作了。邻居们见到他们成双成对地就说："你们两家合一家算了。"

宇航和莉莉毕业了，陈长河张罗着娶儿媳妇。宇航突然回来了，拉着爸爸的手说：“爸，告诉您一件事，我与莉莉的事结束了。”陈长河气得差点儿蹦起来，宇航马上安慰道：“我们早就发现彼此不合适了，怕影响您康复，一直没敢说。”

“你李阿姨知道吗？”

“莉莉早已告诉李阿姨了。”

一年后，陈长河正式邀请亲朋好友参加宇航的婚礼。台上宇航牵手的新娘不是莉莉，莉莉作为嘉宾发表祝福感言。台下另一对新人陈长河与李秋菊胸前戴着红花等待登场。

四十九个小时

快下班时，办公桌上的电话铃响了。

“您好，这里是市场监督管理局监察一大队，有事请讲。”牛队长麻利地应答着。

“我实名举报，中山小区旁新建了一个液化气换气站，没有营业执照，每天都在晚上营业。”

上午，局领导刚刚找牛队长谈过话，要他准备三天后交接工作，偏偏这个时候有人举报。液化气站属于高危行业，竟然建在居民小区旁，这可是人命关天的事。

牛队长看了一下墙上的电子钟，再有一个小时就要下班了，确切地说，离他卸任只有两天零一个小时，即四十九个小时了。

牛队长对着手台呼叫：“全体集合，去中山小区！”车一停稳，牛队长走进液化气换气站，出示证件说明来意。

一个瘦瘦的中年矮个儿男人走了进来，自称是老板的弟弟，姓李。他对着牛队长抱拳作揖，说：“俺们是守法公民，不做违法的事。”

牛队长严肃地说：“你们属无照经营，必须马上停业。”瘦男人频频点头，“好，好。”

牛队长叫人开出停业通知单，并通知老板明天到队里接受处罚。

第二天一大早，牛队长叫来副队长王瑞，填立案通知书找主管领导签字，报局里备案，并叮嘱他一定按照办案程序办案。

一位自称李老板的人，来拜见牛队长。

“你们必须立即停业，按照相关法律，给予三万元经济处罚。”

李老板看了牛队长一眼，满脸带笑，从包里拿出一沓钱放到办公桌上。

“牛大队，听说过了明天您就退休了，可否高抬贵手？这是一万元，您请兄弟们喝喝酒。”

“李老板，请把钱直接交到内勤那儿。”

李老板愣了一下说：“没见过你这种一根筋的，敬酒不喝。”说完，没在意牛队长愠怒的脸色，把门摔得山响，走了。

“太猖狂了！”牛队长立即召开案审会，安排王瑞带领两名队员去液化气换气站旁蹲守，有情况立刻需汇报。

牛队长一上午都在研究工作，没顾上喝口水，刚端起杯子，办公室于主任满脸堆笑，迈着方步进来了。

“牛大队还在忙啊？”

“是啊，发现新案源。”

“不愧是劳模，还有两天就退休了，还在岗位上。”

“实名举报，在中山小区旁发现个无照液化气站，你说咋办？”

“啊，太好办了，凉拌呗。”于主任脸上的笑容紧了一下。

“那不是我姓牛的干的事，一天在岗，就要负责一天。”

“牛，真牛！我说大叔，你这牛劲儿该松松了，也不看看火候。不瞒您说，这个老板手眼通天，人家认罚，你高抬贵手，行个方便。”

“不行，这个液化气站必须取缔。”

于主任碰了一鼻子灰，抖抖肩膀，哼一声走了。

牛队长第二次来到液化气站时，一辆装有液化气罐的大卡车刚好停在门前。

李老板正吆喝着工人干活呢，牛队长绷着脸出现了。

“我再重申一遍，马上停止你们的违法行为！”

李老板看了一眼于队长，脸上的肌肉抽搐一下，笑容又回到脸上，“牛大队，你这是突然袭击啊，我得挣够三万元，好交您那罚款。”李老板瘦瘦的脸由白变红，话里软中带刺。

“我再重申一遍，你们不符合办理液化气站开业条件，对面不到一百米就是居民区，国家是有明确法律规定的。”

李老板眼珠子一骨碌，“我就不信这个邪，看看谁敢封我的门！”

“哈哈，今天我就要站好这最后一班岗。”

牛队长义正词严，李老板的瘦脸更长了，低头锁上大门溜了。

液化气站大门被贴上封条。一块石头暂时落了地，牛队长打开车窗，整个人都清爽起来。

第三天早上，是牛队长职业生涯的最后八小时。他刚进办公室，液化气站李老板腆着瘦脸又来了。

一张营业执照轻轻摆在于队长面前。

“牛大队，执照办下来了，请您仔细瞧瞧。”

牛队长拿过营业执照一看，办照日期赫然显示是昨天。

牛队长把执照扔向一边，气愤地说：“我老牛十八岁入党，今天是我最后一天班，我宁可犯错误，也要把你们这个炸弹拔掉！”

手机响了，是老伴儿打来的：“老牛，我刚刚下楼买菜被一辆小轿车撞了，脚踝骨可能骨折了。”

“别急，我马上到。”

车跑了。

牛队长回家了。

推开家门，老伴儿坐在沙发上。

“赶紧去医院吧，拍个片子看看。”

“看个啥？你是咋了，最后这班岗还真要站到最后一秒？明天就退休了，咋还加班加点地没完没了，那案子还有完没？地球缺你就不转吗？”老伴儿接着数落起来：“这乡里乡亲的，都让你得罪光了。”

牛队长感到老伴儿话里有话。

“说好了，你不能插手我的工作。”

“这个不行，你要端掉的液化气站是二舅的朋友开的。二舅找上门，咱们欠人家的情。”

牛队长思考一会儿，说：“你这是法盲，欠人情也不能违反法律办事。”

“你完全可以不管，让下任队长处理呗。”

“那不行，这两天出事我有责任。你要是真想帮他，我可以帮他们另选个地方。”

老伴儿绷着脸进卧室了。

牛队长感到案情严重，打通辖区公安派出所的电话，请求支援。

牛队长急火火回到办公室，看了一眼手机，刚好是两天前接到举报电话的时间。他打开对讲机，集合全队人员，准备连夜端掉液化气站。自此，从接到举报到现在刚好四十八个小时。

一个小时后，取缔无照液化气充气站结案。

一对陶罐

在蒲河北岸新落成的一座锡伯族博物馆里，摆放着许多陶罐，其中一对陶罐上的符号和花纹图案内行人一眼就能看出，这是一对有着极高文物价值的陶罐。讲解员介绍，这对陶罐有着不寻常的来历。

那时，博物馆刚建馆不久，馆里来了一位年过八旬的老人，坐在轮椅上，怀里捧着一对锦盒，在儿孙们的陪同下，从滨城赶来。

这位老人姓佟，参加过解放战争，新中国成立后被组织上安排到滨城工作，人在滨城，却一直心系蒲河岸边的小镇。前些年一旦公出经过东北，他总是要找机会来蒲河沿岸转转，住上三头两日。他说："我是蒲河的儿子，是蒲河人民救了我。"

2011 年底的一天，佟老从报纸上看到蒲河岸边新建了一座博物馆，向民间征集与蒲河历史文化有关的物品时，他把儿子叫到身边说："我要回趟东北，去完成多年前的一桩心愿。"

在飞机上，佟老抑制不住内心的激动，又向儿孙们讲起了那件不知讲了多少遍的往事。

那是 1948 年的秋天，在辽沈战役一场战斗中，从前线上下来的两个伤病员，经过小镇时与部队走散了。其中一位伤员的伤势较重，腿上溃烂的伤口在流脓，发高烧走不了路，躺在蒲河旁的高粱地里昏迷不醒,而另一个孩子模样的小战士急得直抹眼泪。这两人的行踪，刚好被一个放羊人看见了。

晚上，趁着夜深人静，放羊人返回了高粱地。放羊人知道是解放军伤员，二话没说，将昏迷不醒的伤员背起，直奔堤坝下的茅草屋。放羊人的媳妇儿见家里来了两个伤兵，吓得躲到了一边。

伤员被一股热乎乎香喷喷的汤水唤醒，迷迷糊糊中听一个男人说："羊汤大补，这羊也许能救一条人命呀！羊没了可以再养……"又听一个女人的声音："你也不看看眼下是啥时候，羊杀了不算啥,要是让外人知道是俺家救了他们,那会惹出麻烦的。"

伤员感觉是在做梦，自己明明躺在高粱地里，咋跑到老乡家里来了？放羊人说："你可醒了！看来这羊汤还真管用。你这伤口都烂成这样了,刚才我用白酒消了毒,不然你的这腿就废了。"伤员感激得不知说什么是好，放羊人说："说啥感谢呀！要说谢还得感谢你们啊！你们把命都豁出去了，要说恩人，你们才是。"

临走时，放羊人从家的下屋找了两个陶罐，说："这是我爷爷早年间留下的，说将来可能有大用场。这回算是派上了用场。"

放羊人将陶罐清洗干净后，一个装了一罐子羊肉羊汤，一个装上了从当地酒坊买的白酒，交给两个战士拎着。又把他俩打扮成村民的样子，嘱咐说："路上有人问就说是镇上做酒生意的，佟家酒坊的。这羊汤可以养身体，酒又可以消毒伤口。咱们这酒在附近十里八村都知道，这身份会减少麻烦。"

拎着这对陶罐，两个战士经过了一道道关卡，回到了部队。

新中国成立后，那个受伤的战士来找救命恩人时才知道，那天放羊人回家后，一家人就被国民党兵抓走了。从此，那个伤员就改名字叫佟念蒲，也就是今天的佟老。而当年那对给佟老带来第二次生命的陶罐，则被佟老视为神明一样摆放在家中。

一天，有位研究文物的人来到佟老家做客，看到这对陶罐后先是一愣，继而眼睛一亮，惊讶地说道："你这对陶罐是来自哪里？应该是新乐文化的代表作。想出手吗？应该值些钱。"佟老摇着头说："这对陶罐是我的命，多少钱也不能卖。"

经博物馆专家鉴定，佟老的这对陶罐属于锡伯族文化标志性作品。佟老感慨地说："这是蒲河人留下的遗物，该让它回家了。"

小镇人热情地欢迎佟老一家的到来，佟老颤抖的手高举起酒杯说："当年佟家酒坊的酒治好了我的伤，蒲河的羊汤救了我的命，今天我要用这酒祭祀故人！"佟老眼含热泪，缓缓地将酒洒在了地上。

不远不近

飞机抵达 A 城，降落在这片陌生的土地上。空间转换后我有了一种期盼。

出发前我在整理行李时，一个陌生电话打了进来。

“妹妹，我是你表姐，好多年没联系了，你好吗？”

“表姐，是你呀！真是好久不见了，你好吗？我要去 A 城开会，明天上午的航班，现在正在整理行李。”

“哎呀，表妹，那可真是太好了，你知道不？我半年前调到 A 城工作了，真是太巧了！看来咱姐俩真是太有缘了，你一定要到姐家来，咱俩好好聚聚。我想死你了！你开完会一定给我打电话，我去宾馆接你。”

“是啊，表姐，这一晃我俩有十年没见面了，我也想你。”

表姐比我大一岁，当年同在镇南中学读书。小时候表姐几乎长在了我家。上学时我俩一起迎着太阳笑，放学时我俩手拉手追着夕阳跑。

表姐家在学校南，我家在学校北，两家距学校的距离差不多，虽说不远也不近，但我俩总是出入成双，不知情的人都说我们是亲姐俩。

一想到表姐在A城，这让我此次旅途增添了喜悦。

两天的会议一散会，表姐的电话就打了进来，说要来接我。

“表姐，你把家里的地址发给我，不用你跑过来了，我打车过去。”

下午，按照表姐发的地址，我带上行李，叫了一辆出租车。司机是个热心肠，微笑着问我去哪里。我说：“去金域蓝湾，应该不太远吧？”

他回过头看了我一眼，说：“这话怎么说呢？要说远也不远，说近也不近。这个时间段市区堵车严重，我们走外环吧，车少速度快，里外也差不了多少钱。”

“行，听你的。”我爽快地回应道。

司机提醒我系好安全带，调过车头就上了外环。

司机说：“听你说话的口音，是东北人吧？声音真好听。”

司机一边开车一边向我介绍路过的地方，还时不时从后视镜里观察我的表情，说一看我就是文化人，从大城市来的人就是不一样，气质高雅。

他的热情让我紧绷的神经松弛了下来，接着他的话茬聊起来。这一聊颠覆了我之前对A城的印象。临来时，有同事还提醒我，到A城要注意，那里的骗子多，现在看来只能权当笑话了。

车下了外环，左拐右拐，转了几个弯，金域蓝湾小区就在眼前了。

碰巧有个人叫车，我就对司机说：“我就在路旁下了。”司机连说谢谢。计价器显示 49 元，我掏出 50 元钱递给司机，告诉司机那一块钱不用找了。

司机一边打开后备厢拿出我的行李箱，一边连声道谢，眼睛笑成一条缝。

手机响了，表姐问我到哪儿了。听说我已经到了小区门口时，表姐兴奋地说：“你别动，我马上来接你。”

一会儿，小区大门口走出了一个熟悉的身影。表姐向我挥手，我也赶紧拉着行李箱迎上前去。

久别重逢，一阵客套后，我俩的话匣子就打开了。

“表姐，你还记得不？我俩上学时书店的课外书少，再说也没钱买，就去图书馆借书看，早上去晚上回，一待就是一天。”

“怎么不记得？我也常常想起那时候的事，真要感谢那些书，才让我俩有了今天。”

“妹妹，你小时候老臭美了，抢我最漂亮的发夹别在你的刘海旁，我气得不理你，你就拿糖块儿来哄我。”表姐咯咯地笑。

“是呀，我有时做梦经常梦见我俩一起学习一起赶鸭子。”

“妹妹你说，俺家的咸鸭蛋香不？为了让鸭子多下蛋，我俩去河边放鸭子。你看着一步三拐的小花鸭赶不上你，干脆就抱在怀里，那小花鸭把屎拉在了你衣服上，你差点儿把它撇出去，吓得小花鸭扑棱一下跑了。你气得哇哇哭，还是我帮你洗了那件臭烘烘的衣服。”

表姐说：“一会儿你姐夫回来了，咱们就开饭。为了欢迎你，我让他提前下班了。”

“姐夫做什么工作呀？”

“说来你姐夫也真是不容易，为了陪我来 A 城，他辞了职，现在开出租车呢。”

“是吗？姐，你找到姐夫这样的男人可真好。姐的命好，是你有福。”

“是啊，本来按我的意思是，让你姐夫开车去接你，你可倒好，非要自己打车来，咱自己家就是开出租车的，干吗花那个钱？你说你多外道！你打车花了多少钱？姐给你报销。”

我一听笑了，说：“姐，没花多少钱，才五十块钱。”

“什么？五十块钱？从你那个宾馆到咱家，怎么绕也就是十五块钱，就是堵车误时，有二十块钱足够了。你这是碰上宰客的了。”

“不会吧？我看那个司机人挺好的，说话很热情，一笑眼睛眯成一条缝。”

“妹呀，你就是让人宰了。你要收据没？等你姐夫回来，我让他去查一下，看看开车这小子是哪个公司的。”

“姐，算了。看把你气的，无所谓。”

说着话门开了，一个男人走了进来，一双小眼眯成一条缝，我一愣。

表姐连忙介绍："这是你姐夫。"眼前这个被称为姐夫的人看见我时，我明显感到他那眯着缝的眼睛一下子睁圆了，脸上有些僵硬，随即忙说："妹来了，你别客气。你们姐俩十年没见了，接着聊，我去厨房炒菜。"

话还没说完，姐夫一闪身进了厨房。

第二天早上，姐夫开车送我到机场，表姐上班，没能与姐夫一同送我。

下车时我向姐夫道谢，姐夫眯着眼睛说："妹呀，你可别谢我了，应该是姐夫谢你才是。昨晚你姐骂宰客那个人时，你没有当场揭穿我，不然事就闹大了，我都不知道该怎么谢你。"说着他掏出了五十块钱递给我。

"姐夫，你这是干啥呀？事情过去了，可别再提了。"我没有接，钱掉在了地上。

姐夫一踩油门，开车走了。

一阵风刮来，五十块钱如一片落叶飘向了天空。

月亮月亮快升起

天擦黑时，吴嫂听说镇上有大部队经过，就奔向墙角的鸡窝，一个两个三个，热乎乎的红皮鸡蛋，是专为丈夫吴刚准备的。打从吴刚去了部队，吴嫂一听说有部队经过就去准备红皮鸡蛋。

吴刚当兵三年，吴嫂的心就提着三年，盼着三年。

“咣当”一声门开了，芦花鸡被惊得飞起来，身穿军装的吴刚出现在门口。

吴嫂愣了一下，一把拉过丈夫，上下左右看了一圈，胳膊腿都完好，然后就忙着去刷锅、烧水、磕鸡蛋。一会儿，一碗热气腾腾的水煮蛋就递给了丈夫。

三岁的儿子小蒲棒躲在门后，吴刚抱起儿子，说：“小蒲棒，叫爸爸。”小蒲棒叫着：“爸爸，爸爸。”吴刚夹起水煮蛋，喂进蒲棒张着的小嘴里，又夹起一个给吴嫂，吴嫂推给丈夫，说：“你吃吧，吃饱了好抓紧歇歇。”

“啥时候出发呀？”

“连长批了两个小时的假，月亮升到空中就出发。”

吴嫂看看窗外，刚刚还一脸灿烂，转身偷偷抹了一下眼角。嫁给吴刚第二年，他就参军去了。吴嫂有些委屈地说：“儿子三岁了你才见一次面，回来一趟炕沿没坐热就要走了。”

小蒲棒在爸爸的怀里，爸爸的脸贴着他的脸，蹭来蹭去痒痒得有些疼，他嚷着找妈妈。

吴嫂去外屋拿出家里的玉米面袋子，准备和面烙饼，给丈夫准备干粮。吴刚拉她回到屋里，说，“别忙了，部队有吃的。”

“你先陪陪儿子吧，蒲棒天天嚷着找你，我马上就做好。”

吴嫂想起五年前与吴刚的第一次约会。

天刚黑，吴刚的口哨声就在蒲河岸边响起。他俩约定月亮升起时蒲河边见，那晚的月亮特别圆，耳边回荡着悦耳的蝉鸣，她说：“真好听。”他看着她说：“月光里的你，真好看。”他拉着她的手，一晚上没松开。她发现倒映在蒲河水中的月亮很美，在心里不断地呼唤：月亮月亮快升起。

他们最后一次去蒲河岸边，是吴刚去部队的前一天晚上。

她依偎在他身旁，盼着月亮快升起，她喜欢月光里的他，更喜欢他在月光里看她的目光，他一直搂着她窃窃私语。他摸着她隆起的肚子望着月亮说：“要是生个儿子就叫蒲棒，生个女儿就叫芦花吧。”

她扑在他怀里嘤嘤地哭，他捧着她的脸给她擦眼泪，说：

“哭啥？等我打完仗回来，告诉咱们的孩子，爸爸是个扛过枪的军人。”

小蒲棒在爸爸怀里迷迷糊糊睡了。吴刚把妻子拉进屋里，妻子嚷着还有一张饼没烙好。吴刚说：“炕头也能烙饼。”拉着吴嫂进屋，吹了灯。

吴嫂躺在丈夫身旁，在心里念着月亮月亮慢点儿走。吴刚说：“连长不用看表就知道时辰，白天看太阳，晚上看月亮，战士们喜欢有月亮的夜晚，可以在月光下看见家乡。天一亮，战士们小老虎似的，一准打个大胜仗。”

忽然一阵敲门声。是连里的通讯员，说：“连长命令，吴排长马上归队，部队要提前出发。”

吴刚提着玉米饼归队了。战友们听说排长有了儿子小蒲棒，一阵哄抢，说：“给排长放假回家继续烙饼，说不定还能烙出个小蒲棒呢。”

第二年女儿芦花出生了，眼睛像极了爸爸。夜晚，吴嫂念着月亮月亮快升起便睡着了。梦里见到丈夫回来了，吴刚听说有了小芦花，说自己圆满完成了传宗接代的任务，这下可啥也不怕了。吴嫂出了一身冷汗，醒了。

吴嫂听说了吴刚他们部队到朝鲜战场的消息，战斗很艰苦，就和小镇上的姐妹们做炒面、做军鞋，送到镇政府。

这晚是正月十五，吴刚来到妻子的梦里，问她是否看到月亮，约他一起念“月亮月亮快升起”。还说，他每次遇到困难就带领战士们一起念“月亮月亮快升起”，战士们便精神振奋地投入战斗，不断打漂亮仗。

吴刚不在家的日子，吴嫂每天晚上念月亮月亮快升起时，蒲棒与芦花也一起跟着念。她告诉儿女：“你们的爸爸听到了会打胜仗，早日归来。”小哥儿俩念得更起劲儿了。

吴嫂盼着丈夫有新的消息，又怕听到不好的消息。

抗美援朝战争结束两个月后，吴刚回来了，身后跟着通讯员。吴嫂摸着丈夫空空的右袖管哭了。吴连长风趣地说：“哭啥？右胳膊没了还有左胳膊呢，啥也不耽误。”

这晚是十月初一，没有月亮没有星星，吴刚一家四口去了蒲河岸边，点亮写着连里阵亡战友名字的孔明灯，目送它们顺进蒲河水，漂向远方。

吴连长缓缓地抬起左手，敬了一个长长的军礼。

浴火重生

动物园里游人稀少，空荡荡的，冷清得有些凄凉。动物们躲在角落里耷拉着脑袋打蔫，偶尔发出奇怪的叫声，是抗议还是孤独，只有它们自己知道。

园长火烧眉毛，动物们声音分贝增高，手臂上下挥舞，声音要掀开屋顶。再不想出新的对策，甭说动物们没吃没喝的，人也得喝西北风了。园里大会小会开了无数次，还是无果。一拨人主张减员增效，说熊猫馆费用大，不如加大猴子的数量，把熊猫馆改成猴山；另一拨人主张利用森林资源吸引大自然的鸟，用美化环境吸引游客。可马上就有人反驳："动物园没有熊猫谁还会来看动物？鸟是大自然的产物，去哪里找那么多鸟……"

窗外一条彩虹闪过，落在动物园内。

砰砰砰！急促的敲门声。保安跑来向园长报告，动物园里飞来一只巨鸟，七彩羽毛光亮耀眼，是一只从没见过的大鸟，长着人的体貌，身体浑圆，翅膀宽大，下肢短小粗壮，鸣叫声抑扬顿挫，悠悠扬扬。

“救星来了！”园长拍手叫好，真是天降吉祥鸟！他拿起电话赶紧上报。

动物专家第一时间赶到，野生动物保护协会的越野车开进了动物园。

地方电视台来了，省城的电视台也来了，摄像机进行跟踪报道。

巨鸟降落的消息上了头条新闻，动物园成了小城的焦点。

巨鸟被护送进单独的鸟舍，园长就差没顶礼膜拜了，安排专人照顾巨鸟。说来奇怪，这巨鸟羽翼丰满声音洪亮，见到老年人会很有礼貌地咕噜一串问候声；见到小朋友则欢快地鸣叫；见到穿漂亮衣裙的女子便展开双翅翩翩起舞……

熊猫、猴子们也都被感染了，个个不甘平庸，积极表现。动物园门口排起长队，有人天不亮就来占位了。

上级部门专门拨款为巨鸟定制了一个豪华鸟笼，放置在动物园中心广场，远看仿佛挂在空中。

鸟笼顶与四周有自动闭合的玻璃窗，为鸟遮风挡雨。动物园伙食费翻了一番，没多久巨鸟的身体就浑圆了，羽毛退了颜色，它的四肢有些退化。它翅膀一扑棱，笼子外都在刮风。

一周后的早上，只见巨鸟的头先伸出鸟笼，然后收起宽大的翅膀，一下子飞出鸟笼，留下一阵风，飞向了高空。

女园长追到上气接不上下气，只好停下脚步。

游客们听说巨鸟飞了，堵在大门口要求退票。熊猫，猴子，又蔫蔫地回洞里了。

女园长急火攻心，感觉自己要被太阳烤干，她顶着四十度的热浪走进巨鸟的笼子里，这时冷气从四面袭来，女园长感觉很舒服，在笼子里转悠起来，眼前出现巨鸟的影子，只见她张开双臂有了想飞的欲望。

女园长有了新的工作思路，她连夜召开会议。选出有舞蹈天赋的年轻员工，为每人订制一身巨鸟的羽毛披风，然后加班排练，像鸟一样飞翔并歌唱，吸引游客。游客稀少时，他们会在林荫深处列队排练。有人说，耳边总有鸟的歌声。

动物们被园里的热闹气氛感染，熊猫顶着太阳表演，猴子随着乐曲不停地翻跟头。

夜色将至，在巨鸟表演的笼子里，火把燃起，一堆……五堆，园长亲自带队，穿上用羽毛缝制的演出服，围着篝火飞啊，唱啊。乐队叮叮咚咚，一场名为《浴火重生》的大型歌舞开场了。

火光，月光，恍如白昼。

突然，欢呼声戛然而止，不明真相的救火车呼啸而来，在人群外架起长臂，水流如注喷向篝火。

女园长发现有问题，立即叫停演出，疏散观众。

篝火熄灭了，“巨鸟”们成了落汤鸡，耷拉着翅膀。

消防队长一声令下——收工。

此时，轰隆一声，鸟笼忽然塌陷了。

经多方专家论证，鸟笼下面是一座宫殿，富丽堂皇。朝代不详。考古学家来了……

园长工作得力，得到上级的表彰。动物园改名为盛乐遗址，人人都有了新的岗位。提起这些，园长总是会从《浴火重生》说起。

有这样一条河

镇北有这样一条河，偶尔有船经过，起初是镇上男人背着行李乘船而去，后来，镇上的女人乘船去找男人，留下老人与孩子。

岸边总有一个叫棒棒的男孩儿，对着河诉说委屈。

听棒棒诉说过委屈的人，感到他真的很委屈，这些委屈，有他自己的，也有他人的，有成长的委屈、遇见的委屈，以及一些无缘无故的委屈，简直成了委屈的河。

棒棒的委屈，是从五岁那年开始的。爸妈被河流带走了，他就把委屈说给河听。

棒棒不喜欢去幼儿园，更不喜欢听老师的话，他走着吃饭，坐着睡觉，没有小朋友和他玩，他常常无聊地坐在墙角，只好委屈地对着墙说话。

上小学了，棒棒听不懂老师讲什么，老师反复讲他就是听不懂。老师发牢骚说：“宁可教一个班的学生，也不愿教他一个。”他委屈地辍学了。

待在家中的棒棒，如笼子里的鸟儿，望着窗外迎风舞动的枝头，委屈莫名地袭来。

棒棒的委屈多了，见人就诉说，起初还有人听，时间久了，人们见到他就远远地躲开了。

棒棒沮丧地走在街头，遇到一条流浪狗，这是一条黄毛小狗，小狗摇着尾巴向他示好。他就把憋在心里的委屈诉说给黄毛小狗。黄毛小狗很是认真的样子，瞪大眼睛，竖着耳朵听，仿佛听懂了他的话。棒棒这下可找到了知音，一遍遍对着黄毛小狗诉说，黄毛小狗竟流下泪来。

一段时间里，棒棒一有委屈就去找黄毛小狗，直到有一天，黄毛小狗听着他诉说委屈时泪流满面，头一歪断了气。

棒棒觉得对不起黄毛小狗，抱着黄毛小狗，找个小树林给埋了。可他对黄毛小狗诉说的委屈没有埋住，棒棒更加委屈。

无处诉说的棒棒，游走在街头，遇到一个卖鱼老人，红鲤鱼正在盆里撒欢，有条黑背红鲤鱼探出头，仿佛要与他交流。他就冲着黑背红鲤鱼说开了，卖鱼老人看他跟鱼说话，觉得他精神出了问题，立刻赶走了他。

怏怏不乐的棒棒，把对鱼没说完的委屈，倾泻到了一棵柳树上，哪知这叶子如秋风吹过，纷纷飘落。他停止了诉说，又为满地的树叶怜惜起来。

第二天，棒棒又去找黑背红鲤鱼时，不见了那条鱼。卖鱼人有些怨气地问他昨天对那鱼说了什么。

棒棒说，自己把心里的委屈说给鱼听了。

“啊……怪不得那鱼被退货，已丢进垃圾箱了。原来是你把晦气说给了鱼，鱼的味道变臭了，是你害死了鱼。”

棒棒再次被卖鱼人赶走，更加委屈，又去找河水诉说。

卖鱼老人拎起鱼篓气呼呼地走了，棒棒心里还放不下黑背红鲤鱼，悄悄跟在身后。

他走到一条陌生的林间小路的尽头，来到镇北清澈的河流旁，岸边翠柳刚刚发芽，堤坝上一只黄毛小狗正摇着尾巴跑过来。棒棒大声喊着：“小黄！”河流中一群黑背红鲤鱼在游。

棒棒兴奋了，原来，那失去的小黄、黑背红鲤鱼、翠柳都在啊!

望着汩汩的河水，棒棒把憋在心里的委屈一股脑儿地说出来。棒棒终于找到了诉说委屈的地方，说完后心里平静了许多。

奇怪的事情发生了，棒棒再次去找那条河时，河水静静地流着。棒棒把心事说给河听时，河水欢畅地流动起来。

棒棒喜欢上了这条河，随时把心事说给它，河流仿佛听懂了他的心声，随着他的声音起伏，它成了棒棒无话不说的朋友。

从此，棒棒更加喜欢这条河，不快也不再那么多了。发现别人有委屈时，棒棒会领着他们来找这条河。

飞马图

在S城书画界，许多人都知道杨总是画马高手，只是很少有人见过他的画作。

杨总每年都要回一趟大草原老家，说是去采风，回来时总会有收获，这次又带回了一幅画，据说是杨总临摹的蒙古马，一幅别致的《飞马图》。

杨夫人对前来拜访的人神秘地说："你们知道吗？老杨在老家被奉为画马大师，求画者要排队。"

办公室王秘书连忙接话说："那是呀，凡是大师的画，都不能轻易出手，更不能轻易送人，杨总的画专门由经纪公司代理经营运作。大家知道徐悲鸿大师的《奔马图》吧？咱杨总的《飞马图》就是这种风格。"

在场的人惊叹不已，不知谁说了一句："能否让咱们先一饱眼福啊？"杨总看了夫人一眼，夫人去书房取出画轴，小心翼翼地放在客厅茶几上，那金贵劲儿仿佛是在鉴宝。打开画轴一角，刚刚露出一缕马的尾巴，众人大声惊呼起来。

杨总透过眼镜含蓄地瞟了夫人一眼，夫人忙卷起画轴，收进书房了。

杨总说："刚才王秘书提到的徐悲鸿《奔马图》，大家都听说过吧？"

坐在杨总对面的王秘书点点头。

"那谁知道《奔马图》是徐悲鸿大师什么背景下创作的？"

王秘书摇摇头，脸上露出期待的表情。

杨总啜了口茶，慢慢地放下茶杯。

杨总看到一双双期待的眼睛，嗓门提高了。

"那《奔马图》创作于抗战时期，当时悲鸿大师为给抗战募捐远赴马来西亚办艺展，听到长沙沦陷的消息，彻夜难眠，趁着月色，饱蘸浓墨，一幅高三米多、宽一米多的巨幅《奔马图》一气呵成了。"

"要说那画可真大啊，我这个客厅是摆不下的，当年我在美术馆看时是仰着脖子看的，那气势可了得！"

"杨总您能给我们讲讲画这样的马有什么秘籍吗？"王秘书适时提问了。

"要说秘籍嘛，当然是有，但主要还是看悟性。画家笔下的画，不单纯是画。悲鸿大师采用了豪放的泼墨和劲秀的线描写意方法，才使得马更加雄骏、矫健，并有了瘦骨铜声之美感，奔马强壮有力，生机勃勃。我的画作也采用了这种方法，才使马看上去飞起来，否则是不可能画出马的神韵和气质的。”

听者频频点头，投来赞许的目光。

王秘书赶紧说：“杨总的画，真的和大师的画同出一辙，对画的感悟是许多画家难以达到的境界。”

听王秘书这么说，杨总挺了挺腰板，摆摆手，说：“哎，严重了。说来这画画呀，是会者不难，难者不会。主要的是要掌握技巧，凡事都要用心去做。这画马与我们干工作一样，一般也是先从头部开始……这说起容易，其中的奥秘呀，要一点点体会。”

杨总抬手看看手表收住话茬，“今天就讲到这吧，我还得去画马，一天不画手腕就不听使唤。”

王秘书合上笔记本谦恭地说：“听杨总讲话，醍醐灌顶，他不是单纯在画马，还提示我们融会贯通到实际工作中。”众人应声附和。

杨总家的门槛，不是随便踏的，却被王秘书踏平了。他三天两头拿着一些名家字画，替求墨宝的人送来交换品。

“王秘书我可要批评你了”，杨总脸一绷，“有人欣赏我的画，我有时间可以给他们画，这是出于对艺术的尊重与交流，绝对不能用来交换的。你把这些人的名字写下来，我要亲自一一奉送。”

杨总的画越来越难求了。在杨总的画案上，总有一幅画不完的《飞马图》。杨总说，离开草原久了，见不到蒙古马就没了灵感。

杨总从草原老家休假回来的第二天，客厅里来了一些喜欢杨总画的人。已晋升为办公室主任的王秘书，早早地赶来。杨总看了一眼夫人，夫人神秘一笑，去书房里拿出一个画轴，轻轻拉开画卷，一幅辽阔空旷的草原景色浮现在画卷上。

客厅里安静下来，过了好一会儿，王主任突然一拍脑门，“真是绝了，这没有马的《飞马图》才是真正的飞马图。蒙古马是飞龙的化身，本就该在天上，怎么能在画中？这正是：此马天上飞，岂能画中留。大家静心聆听，是不是仿佛有嗒嗒的马蹄声在草原回荡！”

杨总听了这话，凑上前来，看看画，哈哈大笑，对众人说：“不好意思，夫人把画拿错了。”

墨竹图

公司要提拔一位副总，办公室主任王耀祖与市场部总监被列为提拔对象。看似风平浪静的公司大楼，私底下却暗流涌动 。

有着决定权的叶总像没事人似的，不研究人选，业余闲暇就琢磨如何画竹子。

周日上午，王耀祖接到叶总电话，约去家里赏画。王耀祖十分了解叶总，喜欢挥毫泼墨的叶总，只有画出满意作品时，才愿意与爱画者分享。这次是又画出了什么得意之作呢？

几天前，王耀祖拜访叶总，几次欲张口说提拔之事时，叶总都沉浸在绘画上，他话到嘴边又咽了回去。

“耀祖，看看我画的竹子有没有郑板桥的味道？”

王耀祖瞪大眼睛，行家似的仔细观察一会，伸出大拇指说：“像，不！简直就是板桥大师的真迹。”

叶总摇着头，表示不太赞同。

王耀祖想起一件事。匆匆告别叶总，回家反锁上书房门，他从书柜深处取出一个画袋，捏住画袋底部，一点点推出一个画轴，他轻轻解开红丝带，这是一幅题款为《墨竹图》的画作。王耀祖打量着这幅竹子画，落款是“板桥”。

这幅画是父亲去世前，亲手交给王耀祖的。“儿啊，这是咱们家的传家宝，当年你祖父为了收藏这幅画，拿出了全家的积蓄，还曾被人追杀，多次搬家才保存下来。现在传给你，你一定要保存好它，也许在关键时刻可以帮你渡过难关。”王耀祖捧着这幅画心里沉甸甸的。

从王耀祖记事起，家里的书房都是上锁的，一直到父亲去世。王耀祖思考再三，想用传家宝为自己搭一个天梯，心里很纠结。转念一想，自己只有光宗耀祖，才可以告慰父亲。

临近十一长假，节后就要定副总人选，要赶在节前把《墨竹图》送出去。他想。

傍晚，王耀祖先与叶总通了电话，又急火火赶去他家。

一进门，他轻描淡写地举起画袋，说：“想请见多识广的叶总看一幅竹子画。”

叶总推推眼镜，小心地从画袋里取出画轴，问：“谁的画？”

“是祖父留下的，落款是板桥，但不知道真假。”

叶总拿起放大镜，像电视里鉴宝专家那样，一寸寸地过目。

“要是我没看错，这幅画应该是郑板桥的《墨竹图》，是他的代表作之一。你看这墨色，再看这竹节与叶子，这题字与落款，单就这绘画的技法，似乎可以证明。”

“是吗？那可太好了。”

王耀祖看着叶总欣赏《墨竹图》的沉迷劲，感觉自己做了一件非常正确的决定。

“叶总，画送有缘人，我把它送给您了，求个您竹子画作就好。”

叶总疑惑地看着王耀祖：“你要把这么珍贵的宝贝送我？”

王耀祖抹了抹脑门上的细汗，说：“这画送给您是物归明主，在我这儿就是一张废纸。”

“哈哈，这画我可不能收。”叶总边说边小心地卷起画轴，装进画袋。他一抬头，王耀祖一脚门里一脚门外摆摆手跑了。

整个十一长假，王耀祖都在喜悦中度过。

假期结束的前一天晚上，叶总打电话叫王耀祖去赏画。王耀祖看着叶总家挂在墙壁上一幅接一幅的竹子画，他默默地数着：一幅、两幅……有十几幅。

叶总举着画袋，悠闲地坐在沙发上。

“耀祖，这幅《墨竹图》我拿去找朋友鉴定了，是真迹。赶紧拿回家好好珍藏，这可是传家宝啊！”

“这画已经送您了，它是您的了。”

“君子不能夺人之爱，物归原主。”

王耀祖接过画袋，一股凉气冲向胸口，他呆立着。

叶总拉他坐到沙发上，给王耀祖倒了一杯白开水。

“耀祖，咱们不能只欣赏《墨竹图》，要懂得这竹子的寓意。它象征着骨气和君子，刚正不阿，有气节、谦逊的品质；其外表为翠绿，也是淳朴的象征。我做人的准则是以守节为宝，咱们都要守住这个宝啊！君子如竹，守的不是形式，而是要守住心。”

王耀祖看看白开水，又看看墙上的竹子画，目光落到画袋上，心里七上八下。

总公司任命下来了。王耀祖低头走进会议室，让他没想到的是，被提拔的竟然是自己。

会议一结束，王耀祖就跟着叶总去了办公室，红着脸跟叶总说：“直到今天我才真正理解了您画竹子的意图。我差点儿让您丢了宝，也差点儿丢了祖上留下的宝。”

后来，在省博物馆的一次明清画展上，一幅郑板桥的《墨竹图》迎来众多观赏者。捐画人是王耀祖。

画驴记

飞机一落地，樊老箭一样地射到有毛驴的村庄。退休后有了闲情，樊老莫名其妙地迷上画毛驴，拿起画笔便啥都忘了。他让夫人买了两张去新疆的飞机票，出发了。

太阳下，樊老看一眼毛驴，在画板上画几笔，生怕一不留神毛驴跑了似的。汗水顺着樊老的脖子流下来，樊夫人一脸嫌弃，左手捂着鼻子右手拿把蒲扇，呱嗒呱嗒不停地扇着。

出于好奇，每天都有人来驴棚看樊老画画，偶尔还有感而发："这驴耳朵不太像，画好多天了驴还是一条腿，没见过这么难产的驴。"

驴棚里的毛驴，呜啊……呜啊……一声接一声尖叫起来，仿佛在表达着什么。

嬉笑声中，人们渐渐散去。

樊老天生倔脾气，不管别人说啥，就是画，从太阳升起画到星斗满天，一个月下来人瘦了一圈，一沓沓有着驴模样的画躺在画案上。

议论声更热烈了，有说像毛驴的，有说不像毛驴的，八舌七嘴，争论得不可开交。

面对质疑，樊老放下画笔，眼睛透过镜片看了一下墨池，慢条斯理地开口了："各位朋友，本人远道而来，就是为了画案上的它。为画好毛驴，我是做了一番功课后才敢动笔的。《说文解字》里对驴的解释是：驴，长得像马，只是耳朵比马长一些。驴跑不过马，没有马的飒爽英姿与盖世功勋，但长得结实，形体矫健，四蹄轻捷，有很强的运动感。同时我也研究了画家们画驴的技法，才有了这些画作。今天，咱们就以画会友，既然因毛驴结缘，能解读我画作的，现场赠画一幅。"议论声瞬间沉入谷底。

一串汽车喇叭声，由远而近。

有人说："瞧，专家来了。这车是北京一知名画家的，他每年会不定期来新疆云游。"

樊老一听笑了，"来得正好，来得正好。"

樊夫人阴沉着脸嘀咕着："之前说要画徐悲鸿的马，这次不知道受谁蛊惑又盯上毛驴了。"

有人接过话头说："怪不得这画既像马又像驴，难不成是毛驴变种了？"

哈哈哈一片哄笑。

听了这话，樊老先是一愣，继而指着眼前的画说："从外形看，这驴呀，身体矮小，腿也短粗，耳朵细长。驴是小一号的马，灰褐单一毛色，不像马，黑、白、灰等颜料使用复杂。最关键的是，驴与马的性情不同，反映到纸上的形态就千差万别。但这些都是理论上的，真的落到笔端，还要下一番功夫。就连笔的毫毛，墨的浓淡都不能含糊。边画边悟，算是一种尝试吧，画得不好，各位见笑了。”

只见那画家，盯着画看了一阵之后，用赞赏的目光看着樊老。

“这驴画得好，有徐悲鸿大师马的神韵，还有黄胄大师驴的温情。”

樊老听到画家谈及画马大师徐悲鸿与画驴大师黄胄，爽朗地笑了。

“哈哈，知我者，真是知我者！”

“新疆刚好是画驴大师黄胄成名的地方，您这是重走前辈成功之路啊。”

樊老兴奋极了，一把握住画家的手。

众人频频点头，像是顿然醒悟。

画家继续说：“要说黄胄大师，他是我崇拜的画家之一，他因阔笔纵横，线条流畅，被戏称为驴贩子，咱们樊老的画是情感与笔力的天合之作，已彰显黄胄大师的画风，但樊老有自己独创的风格，这分明是《骡子图》啊！”

“太深奥了！”众人慢慢被点醒。

樊老再次握住画家的手，激动得说不出话来。

樊老从新疆回来后，一头扎到城西蒲河岸边的老宅院，那里成了他的画室。每天沉醉其中，画风独树一帜，一幅幅栩栩如生的骡子画吸引着众多追捧者。

第二年春天，樊老举办了个人画展。《独骡图》《群骡图》《飞骡图》《奔骡图》……上百幅骡子画作走进美术展馆。

让樊老没想到的是，画展结束的前一天，在新疆遇到的画家找上了门。原来，这画家是在民间寻找绘画奇人的，这次专程来东北，邀请樊老去北京参加民间画家研讨会。

会上交流创作经验时，很是热烈。有说自己画的龟可分出公母；有说自己画的鸟儿会飞；有说自己画的牡丹自然开。轮到樊老发言时，他起身清清嗓子，学了三声马叫，又学了三声毛驴叫，最后学了三声骡子叫。

片刻，会场上掌声雷动。

樊老因画出非驴非马的骡子出名了，被评价为“民间画骡子大师”，填补了绘画界的空白。

雕 虫

刚刚退休在家的岳老，听朋友说，蒲河岸边的锡伯古镇聚集着一群画家，镇上还免费提供画室，便收拾好笔墨纸砚与夫人一起来此安营扎寨。

岳老在岗位时呼风唤雨，画作着实火了一阵子。退休后，追捧者追着追着就渐渐疏远了。之前踏破门槛的于副总，自从接替岳老的总经理位置后，也忙得没了人影。

岳老没了兴致，画案上躺着一张满是灰尘的宣纸。好久没有满意的作品了，岳老整日对窗而坐，沉默不语，一脸茫然。

早饭后，岳夫人泡上一壶明前西湖龙井，淡淡的香在客厅里弥漫着。

阳台外有个花园，不大，却很精致。西侧葡萄藤上一片片叶子在微风中舞动，东侧一排牡丹含苞欲放，中间有一个青花瓷茶桌静静地等待着茶客。

一只叫不出名字的小飞虫从棚顶俯冲下来，悠悠地唱着歌盘旋，岳老瞪大眼睛寻找着，它的影子在眼前飞过来又飞过去。他一张手，虫被杨老握在掌中。片刻，他张开手又把飞虫放飞了。

一连几天，岳老都守在客厅等待飞虫出现，然后轻轻地抓住后再放飞。

岳夫人发现岳老只要听到嗡嗡的叫声，就立马有精神，脸上也有些笑容了，恨不得把窗外的飞虫请进屋来。她兴奋地说：“我有个提议，凭你的画技，干吗不画虫啊？你画出的虫，一定会长出双眼皮。”

“画虫？对，画虫。知我者夫人也。”

岳老多日皱着的眉头如两条撒欢的小鱼，他决定以微小精细的雕刻技法画虫。上网一查“虫”，学名叫“昆虫”，全世界已知的昆虫有 100 多万种。岳老一时没了方向，画什么虫呢？

岳夫人说：“还是画熟悉的比较好。”

岳老左思右想，最后决定画蚊子。想着之前讨厌的蚊子，将成为他的画中物，岳老对夫人说：“从今天起不许打蚊子。”岳夫人听了，只好照办。

岳老手举放大镜，到花园里寻找模特去了。夜灯明亮，映出岳老微驼的背影。

一向怕蚊子的岳夫人这下可遭罪了，看着门守着窗，点上蚊香，生怕有蚊子进来被咬。

岳老在花园中观察一会儿，就回到书房，取出宣纸，一折、两折、三折……直到折得不能再折为止，然后剪成方块儿，又把一支心爱的狼毫笔修剪成一根毫毛，用一小碗口大的青瓷口碟当画案，铺画毡备砚台，一切准备就绪。

岳老打开书房窗户，用身体吸引蚊子，他左手举着放大镜，仔细观察蚊子的细微动作与结构，右手握着笔，在宣纸上点墨成金。

岳老没日没夜地画着，偶尔停下来到客厅里休息一会儿，听到嗡嗡声就又回到画案前。

岳夫人每天一壶西湖龙井，按时送到书房。

于总打来电话，问候岳总。他知道岳老的脾气，画画时是不让打扰的，寒暄几句就收线了。最后客气地说："又要有眼福了，那改日再去拜访。"

经过七七四十九天，岳老第一批画作完成了。

在展示画作前，岳老戴着白口罩白手套身穿白大褂，俨然防化人员，他轻轻地缓缓地用镊子夹起画作放入塑料夹板中……再夹起来放进去。经杨老反复筛选认可的画作，被收在事先准备好的画册里。

岳夫人又进来送茶了。

"咋这么金贵？这一个个小白点儿上画的是啥宝贝呀？"

岳老一脸神秘，笑而不答。

一个传一个，喜画者登门拜访，客厅里热闹起来。这些人中少不了一张熟悉的面孔——于总颇有仪式感地出现了。

岳老别提有多畅快了，一脸荣光，手捧一个金色的盒子，迈着稳健的步子出场。他来到事先准备好的条案前，小心翼翼地打开盒子，依次取出画夹、放大镜、镊子，他用镊子从画夹里衔出一个小得不能再小的物件，兴致勃勃地讲起了创作经过。

“这次画的是微观世界里的虫，大家猜猜是什么虫呢？它小到要用放大镜观察。”于总惊愕地瞪大眼睛。

“画这种画，每画一笔我都吊着一口气。提前或错后一丝气、早一刻提笔与晚一刻收笔，画作就都不完美了。今天这幅画是从百余张画作里精选出来的，画中的虫在显微镜下看似在飞翔。”

于总当仁不让地第一个站了出来，说：“先睹为快！”

话毕，于总来到杨老身旁，像是被什么东西刺激了，忽然张大了嘴，“啊嚏”，一个喷嚏打了出来，岳老惊得手随之一抖，镊子上的小纸片瞬间消失了，举着放大镜的手僵在空中。

在侧旁忙着招呼客人的岳夫人，看见岳老百里挑一的画作被于总一个喷嚏打飞了，手里的茶壶险些滑落。

岳老手捂胸口，一个趔趄跌坐在椅子上，狼毫笔“啪”地断成两截。

围观者一阵骚动，一群人仰着头、张着嘴，瞪大眼睛，顺着喷嚏的方向看去，飞起的画没了踪迹。

岳老一抬头，一个小白点儿在眼前一晃，落在画案上。于总眼尖，赶紧上前祝贺，祝贺岳老再创新作。

刚刚飞起的画，又飞回来了。

笼中鸟

朱老退休后，常把自己关在家里，像鸟被关进笼子，一关就一整天，叹息声日复一日。

不知从什么时候起，小区里以往一些遛弯儿的人，喜欢遛鸟了。遛累了就在园区一角放下鸟笼，看着鸟聊鸟，谁家的鸟是名鸟，谁家的鸟羽毛美，谁家的鸟叫声动听……

朱老家住在一楼，阳台外有个小花园，隔着阳台的玻璃窗，喧哗与鸟鸣声声入耳。

朱老守在窗口迷茫的眼神与微驼的背影，让朱夫人口中的茶涩涩地卡着，难以下咽。

从窗口窥视几天后，朱老一大早出门了。回来时，手里拎个空鸟笼，喜滋滋地挂在阳台外的葡萄架上。他轻轻地打开鸟笼门，仿佛怕惊飞笼中鸟，然后去厨房喊夫人："赶紧给鸟喂食喂水吧。"

朱夫人一脸疑惑，看着空空的鸟笼——哪有什么鸟啊？

朱老在家里最具权威，说笼子里有鸟就有鸟。朱夫人便麻利地侍候着朱老伺候着“鸟”。

朱老搬了个椅子坐在阳台上，打开玻璃窗面带微笑，等待着什么。

这笑容久违了。

“听，这鸟的歌声多动听？再看它的羽毛，绿中带黄，红眼睛，尖尖嘴，是百灵，不愧是会唱歌的百灵鸟。”朱老自言自语。

朱夫人忽然想起家里之前曾经养过的百灵鸟，也是挂在阳台的葡萄架下，是朱老刚画画那会儿买来当模特的。

没想到的是，一天下班回来，鸟笼子门开了，飞走了一只鸟，另一只在笼中歌唱，歌声凄凄切切。

朱老又去买来一只鸟，放进鸟笼，这两只鸟叽叽喳喳吵了一夜。没办法，他打开鸟笼，将鸟放飞了。

从此，朱老不养鸟，也不再画鸟了。

这事早过去了，咋又想起鸟，神神道道的。朱夫人想起前几天在电视上看到，有人不适应老年生活，产生各种不靠谱的行为，开始担心起来。

从鸟笼子进家，朱老精神头儿也来了，每天一起床就跑到阳台打开门听“鸟”歌唱。还拉着夫人一起听，说些莫名其妙的话。

朱夫人望着葡萄架，哪有什么鸟的影子？更别谈鸟的歌声了。是幻觉？朱夫人越想越感觉朱老精神出了问题，就陪他去了精神卫生中心。

张教授与朱老是老朋友，看见满心欢喜的朱老，心想一定是有什么喜事要分享。

朱老坐在张教授对面，说起了有关鸟的事，真真切切。

朱夫人站在朱老背后，连连摆手，眨巴着眼睛，急得要冒烟。

张教授了解情况后，告诉朱夫人不要着急，有些症状不是病。唯一的办法是顺应朱老，成全他的愿望。

分手时，张教授开了处方，吩咐朱夫人在阳台上支个画架，让朱老把看到的“鸟”画出来。

朱老兴奋极了，握手与张教授告别，灵感一触即发，准备回家画鸟，直着腰板走出了医院。

朱老每天上午遛“鸟”下午画鸟，画纸上开始有了鸟的翅膀。

朱夫人跟在手拎空鸟笼的朱老身后，承受着邻居们异样的目光，感觉背后有手指头戳脊梁骨，凉飕飕的。

这次朱老画得很流畅，朱夫人每天按照杨老的安排给“鸟”喂食喂水，听“鸟”的歌声。

一周后，朱老画夹上一幅新的《笼中鸟》诞生了。朱老把画放到阳台外的葡萄架下，吸引了邻居过来围观。起初是一个人过来看，后来就三五结伴地来。

这时不见了朱老的影子。

只见那画上，左下角有个鸟笼子，鸟笼子的门是开着的，有两只飞翔的鸟一前一后，似刚飞出鸟笼，要飞向远方的枝头。

邻居王老伯感慨道：“真是没想到，朱老画这《笼中鸟》有这么深的奥秘。”

躲在角落里的张教授心中一块石头落了地。

园区里，朱老正在柳树下听鸟歌唱。

王老伯与朱老成了朋友，时常一起聊聊画，聊聊鸟。

朱老不再一个人闷在书房里画画了，常在园区里转悠，看树上的鸟。

葡萄架下仍挂着空鸟笼，朱夫人照例给“鸟”喂食喂水。一天，有鸟一只跟着一只飞进了鸟笼，吃啊喝啊唱啊，不想走了。朱老发现后，又将它们放飞了。

渐渐地，遛鸟的人改为遛弯儿了。鸟飞了，笼子都还在，时常有觅食的鸟飞进来，又飞出去。园区里，鸟仍留在人们聊天的话题里。

朱老阳台外的空鸟笼也成了一道风景，鸟儿唱着歌自由地进出。

花外有画

画家袁老为创新画技，用一个多月精雕细琢的一幅《牡丹图》成了古镇画家们的笑柄。他大病一场，发誓不再画画。

出院后，袁老整天黏在沙发上举着报纸发呆。袁夫人知道袁老心口窝着一口气，背着袁老咨询了心理医生。

刘医生喜欢绘画，经常来古镇，与袁老成了朋友。

刘医生将一张写着治疗方案的纸交到袁夫人手上。

袁夫人回到家，袁老仍在沙发上无滋无味地喝着凉茶，手里捧着报纸翻过来倒过去。

袁夫人推开阳台门，发现花园里的牡丹含苞了，大声地说：“人养花花养人，我要守着第一朵花开，看看咱家的牡丹如何华贵。”

被《牡丹图》伤了的袁老，听夫人说着牡丹，心里更烦了，恨不得堵上耳朵。

袁夫人陪伴袁老大半生，练出了察言观色的本事。“老袁，你看看咱家的小花园多像一幅画，赶紧过来瞧瞧。”

袁老手中的报纸微微动一下，一口茶含在口中。

第二天，袁夫人照例嚷着花园里牡丹有多美，守着牡丹花开，看风景如画。

一周后，袁老丢下报纸，举着放大镜，去自家花园里看牡丹了。

袁夫人嘴角上翘，扭着腰身跟在袁老身后。“美吧？这可是国色天香，难得一见。这叫花外有画。”

没想到的是，袁夫人欣喜几天后，烦恼又出现了。

袁老花痴似的，天一亮就去花园，顶着太阳披着月光守着牡丹，恨不得吃住在花园里。

袁夫人想到一句话：“牡丹花下死，做鬼也风流。”哎，袁老定是出现新问题了，她又去咨询刘医生。

刘医生听了袁夫人的述说，笑了：“这看似不正常的行为，也许是最正常的表现。”袁夫人更疑惑了。

牡丹花开了，袁老看见盛开的牡丹笑了，对夫人说：“这分明是女人雍容华贵的样子，散发着淡淡的体香。”

一段快乐的时光。袁夫人感觉时光倒流。

可花开花会落，牡丹花打蔫时，袁老又蔫蔫地回到沙发上发呆了。

袁夫人一时没了主意，又去找刘医生。

按照刘医生的安排，袁夫人拿出一个柳条筐，花落一朵收一朵，让花园里看不见花落。她把落花像收宝贝一样放在书房的画案上，再盖上一张宣纸，带上书房门。

袁老有个习惯，每天晚上睡觉前要去书房小坐。他推开书房门，被扑面而来的花香迷住了。

灵感来了，袁老掀开宣纸，铺在画案，捧起牡丹花，送到鼻尖嗅着花香，然后轻轻放到宣纸上，一瓣一瓣轻轻撕开，依照花头的生长方向，把花摆放在宣纸中间，又去花园里剪来些枝叶，陶醉在创作中。

袁老没用笔墨，是用真的牡丹花瓣与枝叶，在宣纸上重新创作的。花头饱满多姿，不失张扬。摊开的叶子，三叉九顶疏中有密，叶脉因失去水分而模糊。形神俱佳的牡丹花就这样盛开了。

袁老对着“画作”感叹着，颇有大彻大悟之像。

花园里的牡丹，再次成了袁老的最爱，他边赏花边收花。提着一个柳条筐，凋谢一朵收一朵，画案上便盛开一朵。

周末了，袁老一身亚麻衣裤，端坐在客厅，等待品茶人。刘医生如约而至。

茶过三道，寒暄已过，袁夫人指点迷津般出场了。

“老袁，为何不请刘医生去书房小坐？”

“袁老有啥秘密藏在书房？”

“哪里！在老朋友面前谈何秘密。走，去看看我的新作。”

刘医生被躺在画案上的牡丹画作惊着了。“是真花再放？

说说你的创意。”

“我这幅《牡丹图》不用笔墨水彩，是以留白来区别花瓣的阴阳面，最重要的是，用即将凋谢的牡丹花，经手工排列组合，使其活色生香再次开放，您仔细看，每朵花中都有张微笑的女人脸。”

“袁老，您这是借鉴了古人的没骨画法，又与国外流行的创意绘画理论结合，用花的重生寓意人的重生，太有创意了！佩服，佩服！”

袁老激动地说：“没想到刘医生对国画如此精通。”

“哪里！比起袁老您，那是九牛一毛。”

袁夫人栽种的牡丹通人性，开了一茬又一茬，一茬比一茬娇艳迷人。袁夫人笑了。

待牡丹花落尽时，经袁老孕育的《牡丹图》被一幅幅镶在玻璃画框中，摆放在花园里争芳斗艳，飞走的蝴蝶又飞回来。

袁老的《牡丹图》沾了仙气，飞出小区，富贵吉祥的红牡丹、雍容华贵的粉牡丹，姚黄魏紫被陈列在工艺美术馆。

北方深冬时节，袁老一幅三米长的大作《牡丹花开》，被运到冰城哈尔滨参加“国际花卉美术作品创意大赛”。

经过专家评点，参观者现场与网络公开投票，袁老的巨幅《牡丹花开》获得美术作品大赛创意特别奖。

领奖台上，当主持人举着话筒走到刘老面前时，袁老说：“我想请夫人上台，在我遭遇艺术低谷时，是夫人让我的牡丹花又开了，并开得如此灿烂，到底是花外有画，还是画外有花？”

掌声中，袁夫人走上台，眼眶里盈着泪花。

一百张字条

一场小雪，白了蒲河两岸。王娘从蒲河边遛弯回来，打开房门，一股百合花的清香扑鼻而来。

阿紫？一定是女儿阿紫带回来的鲜百合花。王娘有些忐忑，这是阿紫喜欢的味道，但若是平平常常的日子，阿紫是不会带百合花回家的。

只闻花香不见人影，王娘有点儿纳闷。一沓纸条在餐桌上放着。王娘战栗着从信封里抽出阿紫第一张字条："娘，女儿去南方办案了。那里出现了贩毒团伙，作为戒毒所的副所长，我要去执行一次特殊任务，回来的时间不确定。您在家照顾好自己，不要挂念我，您多保重！"

阿紫在小镇监狱工作。起初是一名女子监狱警察，后来又调去戒毒所任副所长。王娘叨咕着："哎，哪儿危险去哪儿，胆子也太大了。"阿紫在家时常常是白夜两班倒，为了不影响王娘休息，娘俩就用字条交流。王娘看完字条后，在阿紫留下的字条背面写上自己的话，再放回桌子上。

王娘想起阿紫的第一次远行。那是十年前，阿紫刚从警察学院毕业，说是去黑龙江出差，可一走就是三十多天。王娘记得很清楚，阿紫是给她过完五十岁生日后匆匆走的，那天也带回来一束百合花。

这次，阿紫临行前都没来得及见她，一定是任务紧急，王娘开始有些担心。阿紫有过一段失败的婚姻，因为那次背着新婚不久的丈夫参加了什么大行动，回来就离了婚，还得过抑郁症，严重时睡觉靠吃药。阿紫这次又出差，万一有点儿闪失，该怎么跟故去的老伴儿交代啊。王娘心里想。

桌上放着阿紫与王娘通话用的手机和一个信封，信封上面有张字条："娘，手机留在家了，这次不能与外界联系，信封里有一百张字条，您每天要按顺序拿出一张，在字条的背面写下您要和我说的话，就像咱娘俩儿平时聊天一样。"

阿紫走的第二天，是腊月二十九，王娘梦见阿紫在敲门，声音越来越大，她一骨碌下床打开门，楼道里黑洞洞的。

王娘在阿紫留下的第一张字条背面写道："阿紫，真让娘担心，你在大山里，还是在海上呢？你放心吧，娘会保重好自己，等你回来。"

大年三十儿的早上，放假的儿子儿媳来接王娘去他们家过年。王娘拗着不想去，硬是被儿子搀到电梯口，她又返回来带上阿紫留下的信封。

王娘打开阿紫留下的第二张字条："娘，今天是大年三十儿了，您一定在哥哥家吧，阿紫不能陪您过年了，真想吃您亲手做的年夜饭。娘您多保重！"

"阿紫，你还好吗？娘一切都好，别总惦记娘，照顾好自己。"王娘在字条背面写上自己想对阿紫说的话。

第三天，王娘拿出第三张字条："娘，今天是大年初一，阿紫给您拜年，给哥哥嫂子拜年，保重。"

第四天："娘，今天是大年初二，应当女儿回家过年的日子，而我从来就没离开过家，和娘在一起的日子真好，娘保重。"

……

第八天："娘，初六了，要是阿紫在家，这天会开车带您去公园庙会转转，散散心体会一下年味儿。等我回去时一定补上。"

从初一到十五，王娘的心一直都提在心口。

儿子是大学教师，刚好有寒假，一直在家陪着王娘，儿媳顿顿四菜一汤伺候着婆婆，越是这样，王娘越不开心，心里压块石头咋也推不开，越压越沉。

一个月过去了，王娘吃不下睡不着。每天除了给阿紫写字条，就守着电视，希望能从电视里了解阿紫的情况。儿子似乎知道些什么，又像什么都不知道。

王娘提前抽出了阿紫留下的第五十张字条，想知道阿紫在这天写了些什么。

“娘，阿紫有些想家了，您别着急上火，我这边很好，估计很快就会回家了。”

王娘抹抹眼角，含住泪水，又好奇阿紫在第一百张字条写了些什么。

“娘，您看到这张字条时，是阿紫离家一百天的日子。您一定要挺住，您对我比亲娘还亲，您要照顾好自己，下辈子还做您的女儿……”

王娘心里咯噔一下，后悔没听阿紫的话，赶紧把字条放回信封里。

阿紫离家的第五十五天的早上，王娘的手机响了，“娘，是我，我回来了！”

“阿紫，是你吗？可把你盼回来了，娘这就回家等你。”

“娘，我晚上下班回家见您。清明前，女儿陪您去看我爹。”

一切恍如隔世，王娘想起当年她离开小镇，嫁给城里人阿紫的爸爸时，阿紫刚刚上中学。等阿紫警院毕业来小镇监狱工作，她爸爸也走了，王娘就搬回小镇老宅陪阿紫了。

王娘回小镇前，先去花店买了一束阿紫喜欢的鲜百合花，老板说是从云南空运来的，可以先看花，后烙饼的那种。她从怀里拿出所有字条，铺在桌上，这些字条有白的红的粉的，捆在一起扎成一束别致的花。她等着女儿阿紫回来。

风中的女孩儿

十字路口，美霖开车在上班的路上。

等信号灯时她看见人行道上，一个穿着咖色外套、扎着马尾辫的女孩儿迎风飘来，有十五六岁那样大吧。大眼睛，修长的四肢，跳动着的双肩包，她在追公交车。急急的样子很可人，怕是上学要迟到了吧。

美霖看着这女孩儿，有种说不出的亲切。

“是她？不可能，她在小镇啊，应该还在镇南中学的教室里上课，昨晚还通过视频见到她水灵灵的小模样。”

美霖揉眼睛，绿灯亮了。后面的汽车喇叭声响成一串。转眼间，那穿着咖色外套、扎着马尾辫的女孩儿风一样飘走了。美霖说不清是幻觉还是现实。

美霖的心由喜悦变得慌乱。美霖几次想跟丈夫东阳说说埋在心里的秘密，又因没有勇气而咽了回去。

这是美霖从小镇女子监狱调回省城上班的第一天。刚刚的一个瞬间，让美霖想起在小镇女子监狱时认识的一个女孩儿，一个背着书包来探视的十六岁丫丫。在丫丫的记忆里，爸爸是她耻辱与痛苦的根，半年前，妈妈为复仇用硫酸泼了爸爸的野女人，造成重伤害而犯罪，进了女子监狱。

丫丫从小跟妈妈一起生活。妈妈进了监狱后，被医生诊断为肺癌，正在保外就医被病魔折磨。

美霖见到这个大眼睛、有些忧郁的丫丫，想起了童年失去母爱的自己，有种说不出的心痛。幸运的是，自己遇到了善良的新妈妈，给了她温柔的母爱。了解丫丫的情况后，美霖每次都会与丫丫单独聊一会儿。丫丫的恨太深了，她时时封闭自己，让美霖很担心。

一个雨天，丫丫淋雨后发高烧，浑身滚烫，迷迷糊糊给美霖打电话说："求警官帮帮我妈妈，我不能没有妈妈。"她哭得稀里哗啦，说："我要妈妈。"

美霖一边安慰丫丫别急，一边找人帮忙联系，并与监狱研究，特批她去医院探望妈妈。

病房里，丫丫坐在妈妈身旁，丫丫妈妈知道自己没多长时间了，在病床上把丫丫托付给美霖。

丫丫扑通一声跪在地上，求美霖警官收留她。

美霖怜惜地拉过丫丫，说："丫丫赶紧起来，阿姨的孩子跟你一般大，看见你就觉得看见了我的女儿。"

美霖说完这些话，自己都惊呆了。这是她从来都没和任何人说的秘密啊，怎么就说出来了呢？前夫东阳要是知道这事，该如何埋怨她呀？

唉，那年自己刚刚怀上东阳的骨肉，还没来得及告诉他，想等他去西藏执行任务回来时给他个惊喜。哪知道，下班的路上遇上暴风雪，车辆无法行驶，为赶时间，她徒步到深夜，刚刚孕育的小生命意外地流产了，美霖独自吞下苦果，抹去泪水。等她回到家。此时，当警察的东阳也消失了，没有留下任何理由。美霖由愧疚变为愤怒。两周后，东阳回来了，说去执行了个秘密任务。美霖不想见到东阳，也不想听他解释。一直到后来分手，美霖也没把这个秘密说出来，谁都不知道。

丫丫妈妈丢下十六岁的丫丫走了。丫丫拉着美霖哭了，哭得撕心裂肺。她说："妈妈不在了，以后没有亲人了。"美霖极力安慰着丫丫，说带丫丫回她小镇的家，做她的女儿，将来读大学，毕业后像妈妈一样做一个对社会有用的人。

一切恍如隔世，这两个月发生太多事。让美霖想不到的是，这次调回省城，顶头上司是东阳。四目相对时，有股暖暖的东西流进美霖的心里，这一别十多年，原来她还没放下他。

一路上的思绪，如窗外的春风。车到了停车场，美霖仿佛做了一场梦，手不自觉地在小腹上抚摸，她想与十六年前的孩儿说会儿话，与东阳说会儿话。

这时手机响了，是东阳。真是巧啊。

“美霖，欢迎你归队，晚上聚一下好吗？我下班等你，有很多话想对你说。”

“嗯，好吧。我也是。”

美霖想好了，她要对东阳说出她再也不想隐藏的秘密，请他谅解。告诉他，咱们有女儿了，就在小镇，是个十六岁的女孩儿，风一样飘来的女孩儿。

保安老魏

早上，老郑下楼来到园区广场时，见一群人围在一起议论着什么，脸上表情很严肃，不像平时邻居们见面嘻嘻哈哈侃大山时的样子，就问：“咋了？”对门老刘说：“刚听说，保安老魏去世了。”

老郑疑惑地问：“什么？不会吧？昨晚他当班时还和我打招呼说明天见呢，这人咋就没了？”

邻居董阿姨接过话说；“这事还能开玩笑吗？他是昨晚下班经过蒲河时，看到一个滑冰的小孩儿掉进冰窟窿里，他跳下去把小孩儿推到冰面上后，自己却没上来。”

“怎么会是这样？是谁家的孩子？”老郑问。

“听说是来姥姥家度寒假的城里小孩儿。”董阿姨说完，叹口气走了。

说起保安老魏，起初老郑和他也不太熟，这个老魏是个热心肠，见到谁都要问候一下，看见谁拿着有重量的东西时，都会主动帮忙搭把手。

三年前的一个冬夜，老郑睡得正香，一阵阵急促的敲门声把老郑叫醒，他披上衣服走到门前，贴近门镜一看，这个气呀——是园区一个保安站在门外。

“老郑在吗？是老郑家吧？你家楼下着火了！”门外传来急促的声音。

老郑一听着火了，马上打开门，保安焦急地说：“你叫上家人赶快穿上衣服，你家楼下着火了！我还得去楼上通知！”话音未落，他打开楼道安全门，朝楼上跑去，楼上又响起了剧烈的敲门声。

楼下传来刺耳的消防车声音，不大一会儿，声音停止了，楼下的火被扑灭了。

第二天一早，老郑在园区门口看到了昨晚敲门的保安，他觉得应该向他表示一下感谢，便同他聊了几句，这时老郑才知道他姓魏。

老郑好奇地问：“你咋知道我姓郑？”老魏说：“大家每天在大门口出出进进的，只要上心，很容易记住。不瞒你说，咱这园区的五百多户常住人家，我能记住百分之八十。”

“什么？你也太用心了，能记住这么多家！”

“我就是个看大门的，这点事都做不到，那不是白拿工资了吗？”

一听这话，老郑觉得他有点儿夸大，八成是一个喜欢吹牛的主儿。

有一回闲聊，老郑问他挣多少钱，他说："现在做保安每月开一千六百元，退休金五千多。"老郑一听有些不理解，问："退休金也不少，还为挣这一千六百元起早贪黑地看大门？"

他笑着说："我在家闲不住，一个人在哪待着都是家，不如出来找点儿事做。"

后来老郑听说，老魏是个老光棍。

一个老光棍每月开五千多退休工资，不好好享清福，还出来挣这一千六百块钱，也不值得啊。从那之后，老郑再看到老魏，也就是点点头意思一下，毕竟在着火时他深更半夜地提醒过他。

老郑觉得他应该送老魏最后一程，他把这个想法说给了对门老刘。老刘说："咱园区有好多业主都要去送他，你明天就坐我的车，还有楼下的董阿姨咱们一起去吧。"

第二天早上，老郑坐上了老刘的车，车上坐着董阿姨、李阿姨，话题都是老魏。

老刘边开车边说："这个老魏啊，还真是个管事的人。去年我哥从外地来，我把园区门卡给我哥了。老魏他是认人不认卡，拦着我哥不让进，直到我打电话跟老魏解释清楚了，才放我哥进园区。"

"是啊，这个老魏还真是有两下子，只不过就是有点儿爱吹牛。”坐在老郑身后的董阿姨说：“有一次老魏和我说，他十几年前在火车上，看见两个人不像好人，果不其然，是两个小偷，下半夜开始作案了。老魏说他当时‘腾’地一下子冲了过去，一阵擒拿术就把那两个家伙打趴下了。”

老刘说：“我也听他说过这事，他还说，自己坐火车不用花钱买票，只要一报身份证号码，想去哪就去哪，终身免费乘火车。我也觉得他说的这话有点儿吹牛。”

李阿姨接过话茬说：“他一定是在吹牛，老魏说的这个事，是有，但不可能是他干的，你瞧他那样，他能有那两下子？”

“是啊，类似这样吹牛的话听他说过好多次。”董阿姨小声嘀咕。

到了殡仪馆，眼前出现的一幕把老郑惊呆了。老魏的遗体不是被殡仪馆工作人员推出来的，是由八个年轻警察抬出来的，那场景只有在电视上看到过。这老魏到底是什么人呢？

告别仪式开始了，一位警察开始致悼词。

原来，老魏从小没爹没妈，是在儿童福利院长大的，长大后当了兵，在具有边陲第一哨之称的北极村哨所站岗。恶劣的高寒天气，锤炼了他坚强的意志。转业后他当了一名铁路警察。他曾经有一个幸福的家，二十多年前，一场车祸爱人和孩子意外地去世了。

在老魏遗体的右侧，除了被救的那个小男孩儿的一家人外，许多都是老魏帮助过的人。那八个抬老魏遗体的年轻警察，都是老魏资助过的从贫困山区考进警察学院的学生，从入学到毕业，所需费用都是老魏出的。

在向老魏遗体告别时，老郑缓缓地走到老魏身边，凝视着他双目紧闭的容颜，耳边忽然响起那个冬夜里，老魏的呼喊声："老郑！是老郑家吗……"

老郑向老魏深深地鞠了三个躬，在心里说："老魏，我是老郑，来送你了，一路走好。"

直到今天老郑才知道，老魏叫魏国安，六十八岁。

母亲节

北方的春天，小镇蒲河岸边，燕子归来，柳树泛绿，小草发芽。遛弯的、晨练的、逛风景的人，一拨接一拨。

这天是母亲节，外出拍照的人比往常多了很多。

在一块写着红色“爱”字的大石头旁，捧着康乃馨的王阿姨正冲着镜头摆姿势，左手将花捧在胸前，脸上洋溢着的笑容比夏花都灿烂，右手举着手机向斜上方伸展着胳膊，不断变换着角度自拍。

白阿姨打完太极拳走过来，王阿姨赶紧叫她：“白姐，快帮我拍个照片，女儿从澳洲给我订了九十九朵康乃馨，一再嘱咐我，要拿着花儿拍几张照片给她发过去。昨天花送来时太晚了没拍上，女儿等着我给她发照片呢，这自拍效果不好，再说也拍不全。”

白阿姨发现，王阿姨在提到女儿时，嗓门变高了，还故意把澳大利亚说成澳洲。她随声附和道："瞧你女儿多懂事，在国外那么远还惦记着给妈妈过母亲节，贴心小棉袄啊，有女儿真是好！"

王阿姨问："白姐，你儿子和儿媳没给你买花吗？"

"儿媳妇要买，我没让，花那大头钱干吗？有那钱还不如去饭店吃一顿。"说到这，白阿姨觉得自己的话有点过了，捂了一下嘴说："瞧我这嘴，你别多心。"接着又说："你猜结果怎么样？昨晚去饭店了。要说那饭店平常没多少人，昨天可倒好，得排队等位，像吃饭不花钱似的。我说回家吃吧，儿媳说啥也不同意，拉着我说，回家吃没情调，这叫仪式感。可情调是有了，仪式也有了，我半个月退休金没了。现在这些孩子们呀，花钱就像大风刮来似的，花起来一点儿也不心疼。"

"噢，儿媳请客你买单，是吧。就像我手里的花，看着好看，羊毛出在羊身上，过几天我又得给女儿汇澳元了。"

"是呀，咱们这把年纪了留钱是没啥用，细想一下，咱们也要赶赶时髦，偶尔花点钱到外面吃点儿也是一种享受。昨天在酒店包房里，儿媳给献歌，唱的《母亲》，把我都给唱哭了。"白阿姨还揉了一下眼睛，好像有泪水流出来。

两人正说着，吴阿姨过来了。

吴阿姨接过白阿姨递给她的手机继续给王阿姨拍照，一边拍一边说："要说这些年轻人也真怪，平常你想和她们拍个照，这个不情愿呢，怕给他们掉价，结果昨天女儿女婿硬拉着我上世博园逛了一天，这把我给累的，照了老多相片，也给我买了一束花，还特意给我买了条丝巾，一边照一边发朋友圈，后来手机都没电了。晚上女婿叫的外卖，点了十多个菜，这可倒好，看着像是我省事了，他们吃完了，一抹嘴走人了，剩下的一大桌子菜，丢给我和老伴儿了。”

吴阿姨指着王阿姨手里的花又说：“要说现在有的小商小贩可真是精明，只有你想不到的，没有他们做不到的。在世博园大门口就有回收鲜花的，他们仅用十块二十块就把你二三百块钱买的花给回收了。然后他们再重新打包装，又卖上百块钱。你说这钱赚得多容易，简直是无本生意。我可没卖给他们，我也不差那十块二十块的。”

正聊得火热时，李阿姨从远处走了过来，手里也拿着一扎花，不过那花看上去有些蔫巴了，大老远她就说：“我一合计你们就来蒲河拍照了，所以没回家就直接过来了。”

吴阿姨问：“你这是干啥去了？”

“唉，这不是母亲节了嘛，去养老公寓看看我姐，母亲走得早，姐姐为了照顾我们自己挣钱养家，把我们带大。”

“去看你姐，怎么还把花拿回来了？”吴阿姨问。

“我姐不是得了脑血栓后遗症嘛，生活不能自理，她那个开花店的女儿女婿每天起早贪黑地忙，顾不上照看她妈，便把她妈送到养老公寓了。这母亲节就不用说了，他们在花店忙晕了头，他们让快递给我姐送了一束康乃馨。可我姐花粉过敏，一看到花就咳嗽、喘不上来气儿，还不舍得扔，分给老姐妹们一些，还让我拿回来一些。我要是不拿回来，我姐还不高兴。我这大老远地去看她，就是想让她高兴的。你瞧瞧，这花都蔫成这样了。”

说话间，李阿姨和吴姨阿看了一眼王阿姨手中的花，那花也蔫了。

王阿姨见状忙说：“没事，回家找个花瓶放上水，还能挺上几天呢。”

说话间，蒲河岸边又来了一波拍照的人，一路说笑着奔向广场的大石头，刚刚落在枝头的燕子，扑啦啦飞走了。

误 解

佳佳每天早晨起来的头一件事，就是蹓狗。

这是一条名叫娜娜的西施犬，是只小母狗。可佳佳很少叫它的名，习惯叫它女儿，尽管佳佳还没有结婚，而佳佳的妈自然升级叫姥姥了。

娜娜是佳佳从小镇姑妈家抱回来的，刚来的那几天有点儿认生，不吃不喝，转着圈地要走，守在门口挠门，一开门就跑出去。娜娜也有懂事的时候，在楼里从来不大声叫。

真是没办法，佳佳只好起早贪黑陪着娜娜在园区溜达，顺着它。佳佳有些后悔答应姑妈收养娜娜。几天后，娜娜适应了环境，熟悉了新主人，也安稳了些。

姑妈家在蒲河南岸的小镇上，姑妈的儿媳住城里，下个月要生孩子坐月子，说是要找个空气好、有人陪伴的地方，就来到婆婆家待产。

姑妈刚退休，养了这条叫娜娜的小狗。平时就领着娜娜在蒲河岸边溜达，人少时索性解下链子，娜娜可以撒欢儿跑，放开嗓门叫，别提多开心了。姑妈的儿媳嫌狗身上有细菌，姑妈才不舍地把娜娜交给了佳佳。

要说娜娜真是惹人喜欢，每天佳佳下班一回到家，娜娜早已守候在门边，见到佳佳总是撒欢地扑上去，又是舔手又是贴脸。每当这时，佳佳便说："女儿，给妈妈跳个舞。"娜娜便会直立起来，挥动两支前爪，全身扭动起来。

娜娜在姑妈家时就养成一个习惯，早晚必须带它到外面遛遛，将排泄物处理掉。佳佳很想睡懒觉，可一到清晨娜娜就闹腾着把佳佳从被窝里扯起来，陪它出去溜达。

这天，佳佳牵着娜娜走到楼下，刚要去推楼道门，门被人从外面拉开了，是楼上的张姐拎着菜篮子从早市回来了。张姐一脚跨进门里，冷不丁碰到一个毛茸茸的东西，吓得她喊了起来："哎呀妈呀！"手一松，菜篮子掉到地上，茄子土豆辣椒黄瓜滚了一地。

佳佳忙蹲下，提起菜篮子，把菜捡了起来，对狗狗说："女儿，看把张阿姨吓着了吧？快给张阿姨让路。"

张姐本来就吓得够呛，听了佳佳的话就更来了气："你这是怎么说话呢？谁是它阿姨？你是狗妈，俺可不是狗阿姨！"说着，从佳佳手里夺过菜篮子，嘟嘟囔囔地上楼了。

佳佳和张姐楼上楼下邻居多年，关系一向不错，想不到今天因为娜娜被张姐一顿抢白，弄得佳佳很不开心。

到了晚上，佳佳本来想帮妈妈收拾一下碗筷，娜娜等不及了，围着佳佳打转转，佳佳只好带着娜娜下楼了。

怕遇见谁就偏遇见谁，刚走了半层楼梯，在楼道转弯处，又碰到上楼的张姐。娜娜见到张姐，围着她的脚转了起来。想起早上的事，佳佳连忙说："娜娜，给人让路。"佳佳心想，再叫张阿姨还得挨说，拉紧狗狗链子赶紧离开。

谁知，张姐又不高兴了："怎么了，佳佳，什么叫给人让路，我不是张姐吗？瞧你这狗养的，连话都不会说了。"

佳佳一听，马上急了，火直冲脑门，"哎，你怎么骂人呢？你说谁是狗养的？"

张姐意识到自己说错话了，忙说："唉，你瞧我这嘴巴，我不是那个意思，我是想说，瞧你养狗养的，一着急就没说清楚。"张姐边说边擦自己的嘴。

佳佳见状，也不想太多说些什么，扔下一句："咋也不能那样说话吧？"抱起娜娜，悻悻地下楼了。

星期六早上，娜娜撒欢地跑在前面，佳佳紧跟其后。这时手机响了，是姑妈打来的，说她想娜娜了，蒲河岸边的花开了，约佳佳来蒲河逛风景。佳佳正想着去还是不去呢，只听娜娜"汪汪"地叫，佳佳循声看去，楼房转角处，张姐正拿着一条树枝，一边冲娜娜挥舞着，一边大声地呵斥着。

佳佳顾不上与姑妈说话，举着电话跑到张姐跟前，恼怒地说：“有啥事你跟我说，冲狗来什么劲儿？”姑妈在电话那边听说有人欺负娜娜，就在电话里大声说：“娜娜别怕，不行咱回老家，随便你撒欢儿。”

娜娜蹲在佳佳脚边，像个做错事的孩子，委屈地低着头，听到话筒里熟悉的声音，精神头儿来了，冲着话筒不停地“汪汪”叫。

张姐说：“佳佳，你误会了，我没有拿小狗出什么气，这邻里邻居住着都是缘分，我一个人生活，平时你们家也没少照顾我，张姐心里有数。你看看这里，我是怕小狗嘴馋中毒。”

佳佳发现，张姐手指的方向，在墙角的隐蔽处，斜放着一块小石板，上面写着“鼠药投放处”，这时她恍然大悟，有些不好意思了：“张姐，抱歉啊，真是误会了，您别介意啊！咱们多年的邻居了，都跟亲戚没啥区别，甚至比亲戚都亲，那年我得了阑尾炎，还是您帮着叫的救护车呢，要是再拖延一会儿就穿孔有生命危险了，真心谢谢您！”

给我一支烟

家属楼后院凉亭下，老李和老刘又相遇了。老刘点了一支烟，递给老李，老李白了他一眼没接，说：“我和你说过多少回了，我戒了。你不想好好活就抽吧。我可不陪你抽。”老刘自己叼上烟，冲着老李吐了一个烟圈，说：“这上赶子的事，以后真是不能做。”

他俩在单位杠了一辈子，现在又住在一个单元，退休了低头不见抬头见，老李住五楼，老刘住二楼，他俩几乎天天见面，心照不宣，见了面说不上三句话，准会抬起杠来。

说来，老李和老刘还是世交。两人从小学到中学毕业，再从去农村插队到回城，一直没分开过。如今还成了亲家。

这次掐起来是因为老刘带外孙子李小亮玩水枪，老刘楼前楼后拎了八趟水，累了，说了小亮一句，正好让他爷爷老李碰上了。老李不乐意了，气呼呼地说：“你不愿带孩子就别带。你带够了就吱一声，犯不上拿孩子撒气。我孙子让你来回拎水，是给你提供锻炼身体的机会，你得高兴才对，不然的话，你上哪锻炼去？”

老刘不高兴了，说：“我楼上楼下跑八趟了，腿都抽筋了。还什么锻炼机会,要不是我肯把女儿嫁给你儿子,你哪来的孙子？说不定你家户口本都没人接，你偷着乐吧。”

老李回应：“你这个人哪都好，就是不知道感恩，当年要不是我出面给你说情，你还能有女儿？”

“哼，要不是我出那档子事儿，哪有你今天嘚瑟的，凭啥你退休比我多挣好几百块，还不是我点儿背，你就偷着乐吧。”

“那点事儿，你说得倒是轻巧，那可是未婚先孕，现在说来不算啥事。当年，往小了说是不道德，往大了说是违法。要不是我出面为你说情通融，你连党票都没了。”

听了这话，老刘回了一句：“你还真揭疮疤呀，算你狠！”抱起小亮，撇下老李走了。

当年，老李和老刘从插队的农村抽调到工厂后，分到同一个车间，还在同一个师傅的门下。按说，师兄弟应该有谦有让，可这两个人天生不对付，谁也不服谁。不服是不服，但只要老李一说起未婚先孕的嗑儿，老刘就没电了。

正如老刘说的那样，就是“点儿背”。当年一不小心怀上了，医院不敢给堕胎，说身体太弱会有生命危险。

老刘连夜找到老李商量，请老李求他当厂领导的岳父出面协调，立即补办结婚登记手续，这才把事儿压了下去。

但是老刘未婚先孕，因没有当年的生育指标，则被党内警告处分，降了半级工资，也取消了市劳模的资格，这一下老刘就同老李在工资上拉开了档次。再后来，老李当了老刘的领导，两人成了上下级关系。

十年前的一天，老李拎着两瓶酒来到老刘家。将酒放在茶几上，对老刘拱手说："说正经的，我是求你来了。"

"什么，求我？你别逗了，哪有领导求下属的？"

老李递过去一盒烟说："我是真心诚意来求你的，求你把女儿嫁给我儿子。"

"你打住，我女儿嫁不出去也不会嫁给你儿子，你想啥呢？"

"我是受我儿子之托来的，不然的话，我才不看你这屁股似的脸呢。"

"我和你说，虽然你儿子我挺喜欢的，但是，就冲他有你这个爹，不能嫁！"

"哎，我这是给你台阶下，你女儿嫁也得嫁，不嫁也得嫁，她和我儿子早就好上了。只是我们两个老的还蒙在鼓里。"

"你真能胡编，不可能！"

"那你问你女儿吧！"

"这么说来，当年我顶着处分是给你家生的女儿？"

"是啊，我也没料到会是这样，这就叫善有善报。"

“既然这样，为什么你儿子不亲自来？”

“正好，我儿子也来了，这小子爱面子。”说着，老李起身打开屋门，对站在门外的李浩说：“儿子，进来吧，你自己和你刘叔说吧。”

老刘脸上挂着笑容，“瞧你爷俩这点儿出息，到家门口了不进屋，在门外站着，是给我当门卫吗？”

婚礼上，作为新娘的父亲，老刘在讲话时走到老李面前，“老李头子，我问你，你今天心情是不是挺好的？”老李高兴地说：“是啊，今天是我有生以来最高兴的一天。”

“我告诉你，你别光顾着高兴，我闺女长这么大我没碰过一个手指头，你儿子若是碰我女儿一下，我就找你算账。俗话说，养不教父之过。我就上你家找你，那个时候我看你还能高兴起来不？”台下一片笑声。

李浩对老刘鞠躬说：“爸，您老放心，您说的那些事根本不存在。您女儿在带嫁妆时，把搓衣板都带来了。”此时，新娘挽着老刘的胳膊，笑眼含泪。

这天中午，凉亭下，老李和老刘又坐在了一起。他俩刚参加完师傅的葬礼。沉默了一会儿后，老李叹了一口气说：“唉，看来这日子是真不禁过了，咱俩也开始倒计时了。”老刘说：“是啊，往后的日子，都好好珍惜吧。”

"就说咱俩吧，一见面就吵，吵了大半辈子，细想啊，有什么可吵的呢？"

老刘点了一支烟，随手把烟递给了老李。老李没接，说："你以为我愿意和你吵？本来想好了不再吵，可你一勾火我就受不了，这伤和气不说，还伤身体。"

"往后啊，你和我吵我也不和你吵了，真要是把你气个好歹的，你女儿和我那胳膊肘往外拐的儿子能饶过我吗？"

"好，这可是你说的，如果你以后再勾火，别怪我不讲究，我让你孙子天天在我这待着，让你摸不着。"

"你呀，我真是服了，你是什么招都能想得出来啊！给我一支烟，好久没抽了，都忘了啥味了。"

凉亭里，两团烟圈缠绕在一起。

何少飞和他的车

何少飞是我的发小，他小时候，家楼前是公交车始发站也是停车场，他是听着汽车发动机声长大的。

少飞家在二楼，坐在窗前往下看，第一眼就看到汽车。他放学就去楼下看公交车，看司机发动汽车、修车，一看就看到天黑。

起初，那些趴在汽车底下修车的人，看到一个小孩儿站在车边，怕干活不小心碰到了他，担心惹麻烦，便呵斥他离远点儿。

一天，一个司机钻在车底下修车，当司机想爬出来到工具箱取扳子时，一把扳子递到了他手上，他一看又是这个小孩儿。他有点儿纳闷，这个小孩儿怎么知道我要扳子呢？他又钻到车下，当他想要掐断连接线头时，一把钳子递在了他手上。这可真是奇了怪了！司机干完活儿，打量着眼前这个小孩儿，内心满是疑惑。问他叫什么名字，家在哪儿，才知道这个孩子就在旁边的楼里住。司机告诉孩子："我姓李，你就叫我李叔吧。"

李叔在试车时，让少飞上了车，坐在副驾驶座上，算是对少飞的奖赏，少飞开心得不得了。

从那以后，少飞再在车边转悠时，没人驱赶他了。有时他跑到待发的空车里玩会儿。偶尔谁心情好了，还会在出车时，让少飞坐在旁边，跟着逛一圈。

一天，李叔刚刚发动车，少飞在家从窗户里探出头，喊道："李叔，车坏了！"李叔一愣，"你怎么知道车坏了？"少飞说，"我听出来了，声音不对。"李叔检查了一番，果然是发动机皮带出了问题，这个小孩儿听声就知道车出了毛病，也太神奇了。打那以后，停车场的人对少飞另眼相看了，见到少飞称他"小车神"，少飞好像成了停车场不拿工资的职工。

少飞上中学了。一天几个小伙伴在楼前玩，少飞说自己会开车，女同学王娇说他吹牛，少飞左看看右看看，见有辆空车，一挥手，他们叽里咕噜都上了车。少飞真的把汽车发动着了，在停车场开了一圈。这下可把停车场的人吓坏了，连喊再叫少飞才停下来。乘务室的人都埋怨李叔，李叔逮着少飞，照屁股狠狠地踢了一脚。

少飞的爸爸知道后，领着儿子来道歉。人们才知道，少飞的爸爸老何是刑侦大队长，整天忙于侦破案件，无暇陪伴儿子。爸爸偶尔开摩托车回来，少飞也要磨着爸爸带他跑一圈。

中学毕业后，少飞去了一家工厂，整天开车修车，尽管挣得少，但是他愿意干这活儿。后来工厂停产了，车也没了，少飞托人到汽车公司当了公交司机，就跑他家楼下那条线路。

少飞在等车的人中，看到了乘车去上班的美女同学王娇，他开车更有劲头儿了。心想，天天能看到王娇，少挣点钱都值。

王娇每天早 7 点在车站上车。少飞就去请求车场队长，让他天天开早班车。

一天，少飞看见王娇上车后，心里正美着呢，听到身后有两个男的在说什么“天窗、平台、屁门”，少飞一边开车，一边用余光看着车内后视镜。突然，少飞一脚油门加快了速度，把车直接开到了路边一个派出所院里，当车上的人发现不对劲儿，开始吵吵嚷嚷，少飞已经把派出所警察叫了出来，堵住车门，把两个小偷从车里拽了出来，押进了派出所。

事后，王娇问少飞：“你咋知道他俩是小偷？”少飞说：“你想想，我老爸是警察，当儿子的能差吗？”

少飞还真不是吹牛。他家里有一个蓝塑料皮本本，那是少飞爸爸的破案资料，里面记载了许多小偷流氓常说的暗语。那两个小偷在车上提到的“平台、天窗、屁门”，少飞一听就知道这两个小偷要在乘客的哪个衣袋下手。

一次，王娇刚走到车站，来了一个流氓要调戏她，恰巧少飞开车进站。少飞走下车，拿着扳子走到这个流氓身边说：“要坐车就好好坐，别扯别的！”那个流氓吓得转身跑了。

王娇和少飞恋爱了。

每天上班的路上，王娇坐在少飞驾驶的公交车里，当车开到王娇工厂附近的车站时，她朝少飞甜美地一笑，愉快地走下车。

两年后，一辆扎着大红花的公交车，把王娇送进新婚的洞房门口。

不久，马路上风风火火地跑起了小公汽，少飞也有了自己的车，王娇一改往日的温文尔雅，扶着敞开的车门，高声喊："赶紧上，赶紧上车，一块钱一位！"再看这时的小公汽，一开始像蜗牛一样慢慢地移动，一旦看见前边路上有乘客，瞬间就像一只疯牛，何少飞手把方向盘，脚下踩着油门和刹车，见缝插针，辗转腾挪，如同参加拉力赛的车手，大飙车技。下岗之后的何少飞和王娇，每天在街头上演着速度与激情。

一年春节，我们两家聚会，何少飞拿出一个豪华房车模型送给我说，等他有了钱，要买一个大的房车，拉着咱们两家一起出去玩。说这话时，何少飞那消瘦的脸上绽放着喜悦的笑容。

何少飞死了！接到这个电话我一愣，怎么会呢？

王娇哭着讲述道，少飞开着大巴，突然前面一个拉油罐的车爆胎，一下子横在了少飞的车前面，少飞一个急打轮，车撞到了马路边的大树，一车人安然无恙，少飞却被闪着蓝光的 120 拉进了医院。

为何少飞送葬那天，在殡仪馆，我把他给我的房车模型放在他身边，说：“少飞，带上你的房车，安心地走吧。”

玫瑰花语

大林身着绿军装走在春城的街头，路过一家叫作玫瑰谷的花店，禁不住停下脚步。

透过花店的落地玻璃窗，大林看见一个俏媚的女孩儿正在里面看着他，不禁诧异，难道这世上真有长得如此相似的两个人？

大林在花店前踱来踱去，最后推开了店门。

“买花吗？”

女孩儿用手一指，说：“红的粉的黄的紫的白的，看看喜欢哪种颜色？”

女孩儿腰际裹着红色的纱裙，衬上粉嫩白皙的脸庞与脖颈，如含苞的红玫瑰，大林疑惑的目光落在女孩儿身上。

“可以参观吗？”

“欢迎。”

“玫瑰谷，这名字与我老家的村子同名。”

“是吗？”

“是啊，真是巧。”

“那一定是与玫瑰花有关吧？”

“听我奶奶说，她年轻的时候与爷爷一起在蒲河堤坝下种植玫瑰，玫瑰花开得可茂盛了。村子里人一个学一个，把原来的高粱地改成玫瑰园，村子因为玫瑰花出名了，就改名叫‘玫瑰谷’了。一年大旱，河谷干涸，玫瑰花都死掉了，再后来被种上黄玉米，变成了玉米地，但人们还管这个地方叫玫瑰谷。”

“噢，那你一定喜欢玫瑰。”

“是啊，帮我拿一朵白玫瑰。”

“就一朵吗？”

“是的。”

接过白玫瑰，大林专注地嗅着花的香气，一副陶醉的神情。

女孩儿心里嘀咕，这是遇到花痴了。

大林走到门口，又折回来，说：“能帮我个忙吗？”恳求的目光，女孩儿点点头。

“代我养这朵玫瑰花好吗？我付你双倍的价钱。”

送上门的生意，哪有不做之理，女孩儿颔首微笑着。

大林交了七朵玫瑰花的钱，让女孩儿帮他每天换一朵新鲜的白玫瑰放在花瓶里，等他下个周日再来。

女孩儿问：“花送给谁？用写花语吗？”大林一脸忧伤地说：“要写就写白玫瑰仙子吧。”

接下来的每个周日，大林如约而至，他专注地嗅着花的香气，仿佛在亲吻玫瑰花样的女孩儿。

每次望着大林离去的背影，女孩儿都会感伤一阵，真是一个十足的花痴，还编故事骗人。

直到七七四十九天。大林告诉女孩儿，他刚刚失去恋人，一个喜欢穿白色纱裙，有着玫瑰花香气的女孩儿，是个白衣天使。

女孩儿才明白之前是自己想歪了，一时间不知如何安慰他。

这天，大林没有买玫瑰花，挥挥手走了。

两年之后，当女孩儿已抹去了大林的记忆时，他又出现在花店，如之前一样，在门前踱来踱去，最后推开门。

“你好，买玫瑰。”女孩儿听到熟悉的声音，惊喜地问道：“是你？”

大林这次买了三朵玫瑰，颜色从淡淡的白变成浓浓的红，嗅花香时看着卖花的女孩儿，透出的眼神火辣辣的，看得女孩儿一脸羞红。

他临走时说：“我下个月就要退伍了，这三朵玫瑰花留给懂花的人吧。”并感谢女孩儿代他完成了心愿，他说欢迎女孩儿去北方小镇，然后留下电话和地址走了。

大林走后，女孩儿的世界一下子空落落的，不知缺少点儿什么。

微信里女孩儿知道大林家在北方，蒲河流过的地方，当兵来到这里，恋人不幸离去。大林也知道花店的女孩儿来自云南乡下，一个玫瑰开满山谷的地方。

一个阴雨连绵的午后，大林突然来了，说要做个大大的花束，要九十九朵大红玫瑰。

大林的目光，在女孩儿的红色长裙上游走，摩挲着女孩儿的脸颊，羞得女孩儿躲闪在花丛中。

女孩儿边扎玫瑰花边小心翼翼地问："是要去求婚吗？"大林的脸霎时红了，跟女孩儿手中的玫瑰一样。

"哎呦"一声，慌乱中女孩儿手指肚滴出玫瑰色的血，大林忙凑上前，低头吸住女孩儿的手指，女孩儿惊呆了。

雨下大了，大林捧着九十九朵玫瑰，单膝跪地向女孩儿求婚，说："蒲河岸边的玫瑰谷，需要女主人。"

一年后，蒲河岸边的小镇街头，大林挽着女孩儿从街头走到街尾，女孩儿藏在心中的玫瑰啊，一朵一朵地开着。

大林早出晚归，在镇西头蒲河转弯处当年爷爷奶奶种过玫瑰花的地方，建起一排排五颜六色的玫瑰花棚，几十亩玫瑰花开放在河谷。镶嵌在蒲河岸的臂弯玫瑰谷里，成为城里人的后花园。

女孩儿一身红色长裙，穿梭在玫瑰花海中。

一只叫林林的狗

“是 110 吗？我儿子找不到了，我要报案。”一大早，小镇派出所的吴警官，被急促的电话铃声叫醒。

“这位先生，您贵姓？别着急，慢慢说，您儿子多大了？他叫什么名？知道他是在哪里走丢的吗？”吴警官问道。

“我姓李，我儿子叫林林，今年五岁了，是昨天早上在小区里丢的，我找了一天一夜都没找到。”

“李先生，请把您儿子的体貌特征告诉我，我先发在群里。”

“好的。林林个头不高，一头金色卷发，穿着黄色金丝绒马甲，脚上穿咖色小皮鞋，新换的定制服装。吴警官，拜托您一定帮我找到林林，我会有重谢的。”

“李先生，这都是我们应该做的，请把您家的门牌号告诉我。”

十分钟后，警车呼啸而至，吴警官认出是李先生，就是小镇颇有名气的李老板，李老板的夫人带着哭腔，讲述了林林丢失的经过："昨天早上，咱家老李准备带林林出去，我给林林换上与老李同款的金棕色丝绒马甲，配上棕色小皮鞋，林林直挠门，我叫老李先下楼，链子我带着，我们到停车场集合。"

"什么？您说什么？链子？难道您说的林林是一条狗？你们怎么管它叫儿子呢？"吴警官恍然大悟。

原来，被老李两口子叫作林林的，是他们花高价买的狗。李老板平时打理生意忙，很少回家。只要有林林在，李夫人就不会感到寂寞。

吴警官听了，一脸无奈。

吴警官与李老板去物业看园区监控录像，也没发现什么线索，只看见一个收废品的小货车从北门出去了。做完笔录，吴警官就走了。

李夫人开始怀念有狗的日子。在有林林陪伴的日子里，李夫人每次牵着狗遛弯儿，听到邻居们夸林林，比听到夸她家老李都开心，脸上开出一朵花。

李老板早已把林林当成儿子了。现在他每天穿着与林林走丢时同款的亲子装，满大街地找。看见谁家的狗都叫林林，被人怀疑精神出了问题，他的生意也一落千丈。

李夫人大病了一场。病好后却落了个后遗症，手腕上挂个空链子，还学着林林"旺旺"叫两声，冲着空链子叫林林。林林这，林林那，神经兮兮的。

能找和该找的地方都找了，还是不见林林的影子，李老板和夫人很少下楼了。园区群主发现李夫人退群了，赶紧找了几个热心的姐妹商量，在群里发起号召，一起帮着找林林。

就在李老板两口子放弃找林林时，群主郝老师敲开了李家的门，身后牵着一只与林林很像的狗。

李夫人一把抱起金灿灿的小家伙，大声地喊："老李，林林找到了！"李夫人抱着林林，一个劲儿地给郝老师鞠躬。

李家又恢复了原来的欢笑，李老板穿上亲子装，牵着林林出去散步，手里的链子拉得紧紧的，生怕一不小心再弄丢了林林。李夫人继续教林林识字。李夫人发现，林林之前认识的字都忘了，便抱着林林去宠物医院看医生。

医生说："这小狗还没发育到有记忆力的时候，看牙口的磨合度与体型，还不到三岁。"李夫人不依不饶地跟医生辩解："我们家林林五岁，是我一手带大的。之前认识很多字，现在怎么都忘了呢。"

后来郝老师听说了哈哈笑："傻妹子，当时看到你丢狗后，那副痛不欲生的样子，大家都着急，为了帮你两口子渡过这个坎，群里自发组织了捐款，买了一只与林林差不多大的狗，又精心配上服饰，只是没来得及教它识字。"

李夫人重新回到群里，感谢邻居们帮助，她感觉太暖心了。

一年后，小区里来了个收废品的小货车，从车上跳下一个脏兮兮的小黄狗，身上还穿着看不清颜色的小马甲，一只脚穿着小皮鞋，另一只光着脚。李夫人刚好拉着林林遛弯呢，赶紧让林林躲开，结果她越喊林林躲开，那脏兮兮的小狗越跟着她，还用那脏兮兮的小爪抓她的裤脚。李夫人蹲下来，那小狗也蹲下来。收废品的老人说："这狗是我捡的，我生病大半年没出来，它就跟着我在废品堆里混，成了今天的样子。"

李夫人这才意识到，这只狗是她家林林啊！林林听到主人叫他，扑进李夫人怀里，汪汪叫起来。

此后，邻居们经常会看到李老板牵着大林，李夫人牵着小林，在园区里溜达。后来，李夫人的身边多了好多狗，知情的人说，那都是她收养的流浪狗。

后　记

人们把浑河称为沈阳的母亲河，蒲河则被称为沈阳的女儿河。千百年来，蒲河灵水演绎了许多温婉动人的故事。风情浓郁的民族村落，飘如玉带的蒲河廊道，烟波浩渺的湿地物语，这些自然生态和社会形态，似一块块精美的璞玉，又如一条条闪光的珠链，构成一幅幅时代变迁的瑰丽画卷。

蒲河日夜流淌，生生不息，她不仅孕育了我的生命，承载着我的灵魂，更是我的精神家园。我感受着蒲河的呼吸与忧伤，它滋养了我的文学情愫。

小时候，我家住在蒲河左岸的小镇上，也就是《蒲河之约》里的蒲水镇。人们叫它“小镇”。镇上有百年历史的火车站，供销社、粮站、邮局、银行、法院、医院、农贸市场、理发店、中小学校等，繁衍着一群鲜活的人们，他们早出晚归地工作生活着，他们是踏踏实实的劳动者，是他们生生不息的精神感染了我，让我多次走进我的文学小镇，成了这里的主人。

近几年，我创作的与蒲河有关的文字，如：《春天的蒲公英》《夏天的马兰花》《秋天的向日葵》《冬天的树挂》……从遥远到现实，我们相依相伴，丝丝缕缕无法分开。

写一本我与蒲河有关的书，是萌生于高中时代的一个念头。在记忆里深埴了多年，并随着岁月的流转千呼万唤。《蒲河之约》收集了我五年间创作的一些作品，这些作品中，我在自己熟悉的领域里，以对人生的感悟构筑着自己的小小说王国，用笔记录着生活在蒲河岸边形形色色的人们。他们有原生态的故乡人，有客居的他乡人，他们的前世今生，都注定与蒲河有缘。

我复述他们的故事，力求通过自己的视角和表达方式，多角度呈现蒲河流域的民俗风情，折射出时代的变迁，把小镇的人情冷暖、传奇人物留存于文学的长廊。有时我远远地看着他们，欣赏他们；有时我又走进他们，融入其中。他们身上有一种精神，像种子一样，生根发芽，一生向阳，深深地感动并激励着我 。

蒲水镇不仅仅是初建时的锡伯族的聚集地，经过百年变迁，它更是多民族文化融合发展的见证者。

诚然，书中的蒲河与小镇，有地理位置的真实性，也有我文学创作的虚构性，是遥远与现实的时空交错。《蒲河之约》让我和蒲河进行了一次心灵的深情相约。

在整理书稿的过程中，有欣慰也有遗憾，我知道还有好多人物没有收纳进来，我相信来日方长。为心灵写生，为人间烟火临摹，我会继续朝这个方向努力。

记得那年夏天，我专程来到铁岭的想儿山。当我第一眼看到镌刻着“蒲河源”三个大字的地标石，就像见到了先人一样，顾不上矜持，不由得虔诚地朝拜起来。我对初次相见的蒲河源头，没有一丝陌生感，这正是我朝思暮想的蒲河之源啊！涓涓细流，浸润着我与蒲河久违的约会，瞬间我的思绪如开闸的河水。这时我意识到，领略过无数山川大河的我，注定今生走不出这百里蒲河。

在此感谢主编杨晓敏老师，感谢著名编辑沈晓辉老师，感谢长期以来一直支持我的师友们。当然，更要感谢蒲河，让我们再一次在书中相约。

佟继萍

2022 年 6 月于蒲河小镇